L'auteure Béatrice Cadot écrit depuis son plus jeune âge. « Lettre à une amie » est sa première publication, son style léger et poétique nous fait voyager dans des mondes différents. En lisant ce récit les images défilent devant nos yeux, nous pouvons voir les détails des paysages et même ressentir les odeurs.

FSC
www.fsc.org

MIXTE

Papier issu
de sources
responsables
Paper from
responsible sources

FSC® C105338

Lettre à une amie

BÉATRICE CADOT

Lettre à une amie

ROMAN

© 2023, Béatrice Cadot

Édition : BoD – Books on Demand, info@bod.fr

Impression : BoD – Books on Demand, In de Tarpen 42,
Norderstedt (Allemagne)

Impression à la demande
ISBN : 978-2-3224-5389-4
Dépôt légal : Avril 2023

Il n'y a pas de hasard,
il n'y a que des rendez-vous

Paul Éluard

.

Introduction

Ma chère amie, j'ai écrit cette lettre en espérant que vous la receviez un jour, pour que l'on puisse enfin se retrouver. Vous êtes mon autre moi, mon âme sœur, celle que j'ai perdue et que j'aimerais tellement rejoindre afin que mon esprit soit apaisé. Pour que je retrouve la paix dans mon cœur il me faut chercher cette partie de mon être qui s'est égarée. C'est ainsi que tout au long de ce voyage vous avez su me guider en soufflant des mots à mon oreille, ils ont traversé mon âme en s'inscrivant automatiquement sur la blancheur de la feuille. Sur la page blanche ces mots ont pris forme au fur et à mesure que les images défilaient devant mes yeux. Votre main me les a dictés comme une balade, un voyage, une évasion. Grâce à vous, j'ai pu voyager sur un autre continent, en Afrique, dans une autre vie, la vôtre, mais aussi la mienne. J'ai vu ce continent dans mes pensées, j'ai ressenti au plus profond de moi la douleur et la souffrance de ce peuple. Ce texte a été écrit avec le cœur faisant parler des émotions, des ressentis, des souvenirs d'enfance, me permettant ainsi de poser des mots sur des maux, de me réconcilier avec moi-même. Quand les pages se tournent, les blessures guérissent afin de s'estomper doucement, lentement. Le temps passe, les heures s'égrènent, les questions se posent, y aura t-il des réponses ? Beaucoup de personnes ont croisé ma route avec leurs doutes, leurs espoirs, leurs peurs m'aidant ainsi à avancer sur ce chemin, à traverser la vie, ma vie. Ce livre m'a permis de tracer une route pour retrouver mon amie, mon double, ma sœur, ma confidente, mon autre moi. Toute guérison venant de l'intérieur, l'écriture permet de mettre des mots sur des blessures, de pouvoir se réconcilier avec soi-même.

J'aime écrire le soir dans le silence de la nuit, ce moment bien à moi où tout le monde dort emporté par ses rêves. Je peux dans cette pénombre, là, où le sommeil ne peut être dérangé, me poser la question sur le devenir du monde et de nos vies.
Je m'interroge sur notre existence, sur le temps qui passe, sur ce passé qui nous envahit. Il y a tant de pourquoi, de comment, de points de suspension et d'interrogation,

de phrases sans réponses, de questions en attente qu'il est très difficile de trouver son chemin. En étant mon guide tout au long de ce récit, cette amie m'a permis de poser mes bagages. Pourquoi y a-t-il en ce monde tant de silences, d'indifférence, de douleurs, de souffrances, de désespoirs, de tourments ? La vie ne devrait être qu'un immense bonheur permanent. C'est pour toutes ces raisons que je voudrais être aussi légère que le temps et le souffle du vent, pouvoir chanter en me promenant, danser en riant au soleil levant. Je voudrais être comme une plume virevoltant aux quatre coins des continents, fluide et cristalline comme l'eau du torrent. Je souhaiterais me sentir libre, avoir la fraîcheur de la cascade se faufilant parmi les rochers, puis rêver en m'endormant, parler avec bienveillance aux yeux du monde qui me regardent bizarrement. Je veux être ce que je voudrais être aujourd'hui et demain : un être différent, pourtant tellement identique à ce qu'il est réellement.

Si je pouvais chaque jour de ma vie, être aimante et aimée, tout serait alors différent. Pour tous ces jours passés aussi vite qu'un été, je voudrais rire pour ne pas oublier qu'être heureux c'est sourire, puis comme une feuille me laisser porter par le vent tout simplement.

Si je pouvais transformer l'espace d'un instant la vie en un tourbillon de joie pour frissonner sur la carte du temps, sans hésitation mon esprit trouverait l'apaisement.

Je souhaiterais être unique, pouvoir écrire l'histoire de ma vie comme je l'entends sur une page blanche, être comme une madone dans cette église, parler et comprendre les maux, puis guérir doucement les blessures. J'aimerais être l'amie fidèle et compréhensive de vos peines cachées tout au fond de vos cœurs, pour cela, je dois être moi avec mes doutes, mes croyances, ma force, mes faiblesses. J'aimerais partir loin de tout pour comprendre le monde et ses tourments, je voudrais essayer de soigner toutes les blessures du temps qui passe et nous angoisse, être aussi légère que la brise un matin de printemps, respirer doucement la fraîcheur du vent puis voguer sur les océans. Je voudrais que la vague m'emporte plus loin que l'horizon, être transparente pour que mon ombre se dessine doucement. Il serait si bon de partir un instant dans les nuages blancs pour pouvoir disparaître sans laisser de traces. Fermer les yeux, plonger mon cœur dans la nuit sans fond, mourir avec la vague sur la plage, brûler mon âme aux rayons du soleil, puis renaître un matin de printemps. J'aimerais comprendre les Hommes et leurs tourments, effacer leurs faiblesses et leurs souffrances. Je souhaiterais redonner à la vie tout ce temps perdu, tous ces espoirs interrompus, être celle qui croit encore que le verbe aimer se conjugue à tous les temps et à tous les instants. Je voudrais que les couleurs de l'arc en ciel s'envolent dans cet espace-temps pour rejoindre les phrases à peine prononcées de nos âmes blessées. Si vous vouliez m'écouter, vous pourriez entendre mon être tout entier, j'ai tellement à donner. Je voudrais tant pouvoir semer sur l'herbe verte de vos pensées des graines de bonheur, d'amour et d'amitié. Je désirerais voler au-dessus des mers pour écouter les vagues des océans, être ici, ailleurs, partout à la fois. Peut-être qu'à ce moment-là vous verriez qui je suis réellement.

Mon Amie

Mon amie, crois en toi et en ton âme
Tu as l'amour dans ton cœur
La douceur dans tes yeux
La vie entre tes mains

Ma douce amie, tu es si particulière
Ton mystère réside dans ton être
Mais ils n'ont pas voulu te connaître
Ils ont voulu prendre sans te donner

Ma merveilleuse amie, si belle
Sèche les larmes de tes yeux
Ouvre tes mains au monde
Sourit à la beauté du paysage

Avance sur ce chemin
Pour croire en demain
Que la paix te rende heureuse
Ne soit plus malheureuse

Ma chère amie

Ma chère amie, j'espère qu'en ce jour vous allez bien et que la vie vous comble de bonheur. Avez-vous enfin trouvé la maison de vos rêves ? Celle que vous cherchiez tellement, où il ferait bon venir s'y reposer le temps d'un été, celle que vous aviez dessinée un soir de Noël lorsque nous en parlions doucement en cette veillée de décembre. Cette maison en pierre où les roses trémières s'entremêlent au jasmin odorant, là, où la glycine grimpe le long des fenêtres, jusqu'à toucher le ciel. Ce grand jardin où coule une fontaine dont l'eau si limpide laisse entrevoir les sculptures du bassin, la pergola recouverte du lilas odorant qui permet de s'abriter du soleil le temps d'un été puis de se reposer d'une sieste bien méritée. Est-elle comme vous l'avez imaginée ? Calme et tranquille dans ce petit village situé au bord du rivage où coule une rivière, où les oiseaux viennent chanter au petit déjeuner. Avez-vous enfin pu trouver ce havre de paix, cette magie sans cesse renouvelée rien qu'en regardant ce paysage majestueux placé dans un écrin de verdure ? Cet endroit où l'on peut oublier les soucis du quotidien, les douleurs du moment pour profiter de ces instants, seul ou entre amis autour d'un café, d'un bon repas ou tout simplement à écouter le chant des oiseaux. J'aimerais tant être à vos côtés pour retrouver nos discussions animées à refaire le monde, assises dans un confortable canapé. Je voudrais revivre tous ces moments d'intimité où nous pouvions parler de nos vies, de nos chagrins et de nos amours déçus en espérant des jours meilleurs. Mais où sont donc passées toutes ces années d'insouciance où nous pouvions rêver en riant sur un avenir tant espéré ? Dans cette maison où le feu de la cheminée réchaufferait nos soirées d'hiver ainsi que nos cœurs asséchés, il y aurait me disiez-vous un grand séjour pour y accueillir des amis, où les fêtes seraient le lieu de nos retrouvailles, de nombreuses chambres tapissées de papiers colorés permettraient de rêver en s'endormant. En haut de l'escalier se trouverait un grenier dans lequel des trésors bien cachés éveilleraient notre curiosité, de grandes malles remplies de secrets et de costumes bien rangés inciteraient à y monter, afin que sous nos yeux émerveillés la magie opère. Je vous imagine au fond du jardin, assise à l'ombre de la tonnelle fleurie, un livre à la main et un verre de citronnade bien frais posé sur la table en rotin. Bien calée dans ce joli fauteuil en osier, vous vous balanceriez doucement au gré du vent. Quelques insectes viendraient troubler cette paix par leur bourdonnement, mais d'un simple geste ils seraient chassés par votre main si gracieuse. Pendant que la nuit tomberait progressivement sur le paysage, un ciel rougi par le coucher du soleil vous inviterait à rentrer souper. Sur la table du séjour un copieux repas vous attendrait pour clôturer cette merveilleuse journée, puis un lit moelleux vous tendrait les bras afin que vous puissiez dormir d'un sommeil profond en rêvant à ces doux moments. Assise dans ce jardin où les fleurs ne sont pas éternelles, certes, mais tellement plus belles, je nous revois courir en riant à travers champs, nos pieds foulant coquelicots, pâquerettes et bleuets. Je me rappelle de tous ces moments de joie que nous avions plaisir à partager. Nos escapades journalières permettaient de voyager sur d'autres continents. Nos histoires imaginées, nous autorisaient à rêver, nous devenions pirates des mers voguant sur des voiliers au gré des vents, à la recherche d'un trésor perdu sur une île déserte, ou grande reine d'un royaume caché. Nos éclats de rire raisonnaient dans le ciel telles des notes de musique. Puis il y a eu ce silence si éprouvant et cette absence si soudaine, où le temps s'est arrêté parce que sans nouvelles de vous tout pouvait arriver. Nos chemins se sont croisés mais la vie les a séparés malgré notre volonté. Alors aujourd'hui, je vous écris espérant que cette lettre trouvera un destinataire, votre réponse serait ma plus grande joie. Il est si difficile d'imaginer une vie sans en avoir les détails afin de pouvoir dessiner sur une feuille blanche un paysage ou un cadre de vie. J'ai conservé votre dessin, le cadeau d'avant votre départ, il vous représente debout le regard lointain, rêvant certainement à une vie meilleure. Au-delà des mers, au-delà de tout, avez-vous enfin trouvé ce havre de paix, ce calme, cette tranquillité au fond de votre cœur ? J'aimerais tant être à vos côtés pour profiter pleinement de ces instants, mais malheureusement la vie en a décidé autrement, désormais, je ne pourrai plus partager tous ces délicieux moments à profiter de nos fous rires. J'espère malgré tout que bientôt des nouvelles viendront me parler de vous et de votre quotidien. Je pense souvent à vous, à cet enfant que vous auriez pu avoir mais que Dieu a rappelé à lui. J'espère que votre cœur ne souffre pas trop de cette blessure et que ce manque d'amour n'est plus une terrible déchirure. Je prie chaque jour pour que vous puissiez retrouver la paix et la foi en notre monde. Je regrette d'être si loin de vous, de ne pas pouvoir vous serrer dans mes bras pour essayer de vous faire oublier le temps d'un instant les tourments de cette vie. Vos parents vous ont-ils finalement pardonné cet écart dans ce chemin qu'ils avaient tracé pour vous ? Ont-ils compris votre désarroi quand le père de votre enfant est parti en vous abandonnant à votre triste sort ? Avez-vous fini par trouver un quelconque réconfort auprès d'un ami charitable et compréhensif ? Votre peine me touche tellement que mes larmes coulent en écrivant cette lettre. Je ne comprends pas cette dureté de la vie et des personnes qui nous entourent, nous sommes tous des êtres humains qui peuvent basculer à tout instant. A une certaine époque, j'avais pu retrouver votre trace grâce à cet ami que vous aviez rencontré lors d'une promenade. Où êtes-vous maintenant ? Logez-vous encore dans ce petit appartement que votre oncle avait mis à disposition ? Etes-vous partie sur un autre continent comme vous le souhaitiez ? Vous me parliez souvent de l'Afrique, un endroit

magique qui vous attirait comme un aimant. Vous me disiez y avoir vécu dans une
autre vie, peut-être avez-vous pu retrouver
à cet endroit précis ce que vous y aviez perdu, ce bout d'âme qui s'était égaré. Vous
portiez dans votre être tout entier les couleurs de ce continent, sa musique vibrait en
vous au rythme de votre corps qui dansait.
Vous pouviez comprendre la complainte de
ces hommes qui exprimait leur souffrance
en ressentant leur douleur au fond de votre
cœur. Trois ans déjà que je n'ai plus aucune
nouvelle. Je sais que la vie n'a pas été tendre
avec vous, surtout quand vos parents vous
ont obligée à vous cacher durant tous ces
mois de grossesse. Ce départ précipité ne
nous a pas permis de nous revoir. Je me
rappelle du jour où vous êtes arrivée en
pleurs parce que vous redoutiez la réaction
de votre famille, de votre visage et de vos
yeux si effrayés en m'annonçant la nouvelle.
Nous ne pouvons nullement effacer cette
histoire de notre vie, surtout quand votre
frère est venu vous chercher en vous tirant
par le bras parce que vous refusiez de le
suivre. La vie est parfois bien cruelle, je
voudrais effacer ce passé afin que vous
puissiez recommencer une nouvelle vie
bien plus douce. Aujourd'hui en me réveil-

lant j'ai repensé aux jours heureux, où nous pouvions sortir librement sans aucune contrainte, il a fallu si peu de choses pour tout changer et nous transporter dans un autre monde. Heureusement que vous êtes partie loin de tout ce tumulte, ici la vie est devenue difficile. Le monde bascule dans la violence un peu plus chaque jour, désormais, j'appréhende de quitter ce cocon si douillet de ma maison pour sortir faire quelques courses nécessaires à notre survie. Les denrées sont devenues rares, il devient difficile de trouver la base de notre nourriture tel que le pain et le lait. La situation économique nous oblige à être plus personnel et indifférent au monde qui nous entoure, mais surtout plus vigilant quand nous sortons. Nous commençons à craindre pour notre sécurité, car les gens ont faim, les pillages des magasins sont devenus fréquents. Les usines ont fermé, les salariés ont perdu leurs postes et leurs salaires, le manque d'argent ne leur permet plus de payer leur loyer ou d'acheter de la nourriture. Les enfants sont les premiers touchés, cela me rend triste de les voir vagabonder dans les rues à la recherche de quelques pitances. L'hiver arrive, beaucoup de personnes vont dormir à la belle étoile. Dans les quartiers les plus pauvres des émeutes éclatent, nous ne sommes pas à l'abri nous aussi d'être touchés par ce chaos. Le gouvernement ne peut plus faire face au désarroi de la population, quitter Paris devient difficile à cause du manque de transport et d'essence. Nous essayons malgré tout de survivre en économisant le plus possible sur l'électricité et la nourriture, mais tant que nous avons un toit cela nous suffit. L'autre jour, nous avons accueilli une jeune femme avec son tout petit bébé, elle errait dans la rue comme une âme en peine, elle nous a touchés, elle s'appelle Jeanne. Sa petite fille âgée d'un an se prénomme Lilou, elle est si mignonne, notre fils de trois ans la considère comme sa sœur, les entendre rire nous fait chaud au cœur et met un peu de joie dans la maison. Les gens ont peur, ils se terrent comme des animaux blessés, ils se cachent derrière des murs de solitude. Ce quotidien est devenu pesant mais nous devons continuer à avancer pour notre enfant, l'amour de notre vie, cela nous aide dans ces moments difficiles mais ses éclats de rire sont le témoin d'une époque révolue. Notre fils qui a eu trois ans cette année fait la fierté de son père. Aujourd'hui, je ne regrette pas d'avoir refusé d'épouser cet homme qui m'était destiné, bien que mes parents n'aient pas apprécié ma décision, j'ai tenu bon. Désormais mon bonheur réside dans les yeux de mes proches, dans le regard de mon époux qui fait de son mieux pour subvenir à nos besoins, dans celui de mon enfant le matin au réveil. Je dois continuer à avancer pour mon fils ainsi que pour cet homme qui partage ma vie et que j'admire chaque jour. Ma chère amie, j'espère que nos retrouvailles auront lieu un jour, que nous pourrons ainsi nous rejoindre pour ne faire qu'une et même personne.

Je l'espère tellement …

Je me réjouis du jour où nous pourrons nous retrouver, de cet instant où nous pourrons enfin nous revoir. Cela fait si longtemps que vous êtes partie et que je n'ai plus aucune nouvelle. J'espère que vous allez bien, que vous avez pu enfin trouver une certaine sérénité dans cette nouvelle vie. Votre présence me manque ainsi que votre joie de vivre qui émerveillait mes journées me transportant dans des histoires imaginaires que vous inventiez pour me distraire. Aujourd'hui je n'entends plus que le vol des corbeaux au-dessus des arbres qui sautent de branche en branche, mauvais présage d'une histoire qui se termine. Je souhaite que le souffle du vent apporte la paix dans nos vies pour que vous puissiez réapparaître comme par magie dans mon existence. Je suis si inquiète de vous savoir seule, abandonnée de tous, vous, mon amie, de toujours qui fut ma confidente pendant toutes ces années. Je regrette de ne pas pouvoir vous soutenir dans ces moments difficiles. Je pense souvent à vous, je me plais à imaginer nos retrouvailles : je vous attendrais sur le quai de cette gare, remplie de joie, je me jetterais dans vos bras. Il serait si doux de vous revoir afin de partager à nouveau cette tendre amitié, de retrouver ces moments d'intimité où nous pouvions raconter nos histoires de vie en rêvant en silence à un monde meilleur. Même si tout cela reste hypothétique, j'espère que mes souhaits se réaliseront un jour afin que nous puissions retrouver notre complicité de toujours. Ma chère amie votre présence me manque dans ces pénibles moments, j'aurais voulu être à vos côtés et que vous soyez là aussi pour que l'on puisse se soutenir mutuellement. Le temps s'écoule doucement, nos cœurs souffrent de cette séparation, cependant nous devons accepter cette vie faite de bonheurs, mais aussi de malheurs. Ma vie n'est pas comme je l'imaginais, douce et remplie d'espoir mais j'y trouve une certaine satisfaction malgré tout. J'ai revu cet homme, celui dont je vous avais parlé à une certaine époque, je pensais l'avoir oublié, mais la magie opère à chaque fois que je le rencontre, même si je sais qu'il n'y a pas d'issue possible, mais rien n'est jamais figé, ni immuable alors... même si je n'attends plus rien ni personne. Notre banc, celui de nos confidences est toujours là, celui où nous venions nous asseoir pour rêver de bon cœur à ces délicieuses journées. Il me plaisait de vous y retrouver pour imaginer avec émerveillement nos vies futures. J'attendais avec impatience ce moment de complicité où nos secrets et nos espoirs à peine dévoilés prenaient forme sous la lampe allumée. Ce temps suspendu a changé beaucoup de choses, nos vies ne sont plus les mêmes, notre joie de vivre a disparu. J'ai maintes fois imaginé ces moments de connivence où nos cœurs emballés racontaient nos rêves cachés, mais qu'êtes-vous devenue en ce jour nouveau qui se lève ? Même si je ne vous retrouve pas, notre amitié restera à jamais gravée dans mon cœur parce que vous êtes la meilleure amie que je n'ai jamais eue, celle qui savait m'écouter et me comprendre, celle qui me soutenait sans jamais me juger. L'amour de ses amis réside dans les efforts qu'ils font pour vous et vous avez fait beaucoup d'efforts pour moi. Je me souviens du jour où vous êtes venue malgré votre grande fatigue pour me soutenir après cette dispute avec ma famille. Vous aviez fait tout ce chemin à pied dans le froid, c'était tellement réconfortant de vous voir. Le ciel s'est assombri, le destin file entre nos mains, j'ai perdu votre trace et assise au fond de mon jardin, je revois ces moments de plénitude où nous étions si bien. Je revois cette forêt luxuriante où le pivert frappait le tronc de l'arbre avec son bec, le bruit de ce tambourin résonnait dans le ciel si calme. Je repense à toutes ces magnifiques journées qui m'aident tellement à vivre et à espérer des jours meilleurs. Le ciel s'est assombri, les nuages apportent leur flux de pluie, une légère brise s'est levée soufflant à travers les arbres, leurs feuilles bougent au son de cette si douce mélodie. La pluie tombe doucement, en formant des flaques d'eau qui sont le miroir de nos âmes. Le temps s'est arrêté dans cette parenthèse qui s'est ouverte. Mon esprit s'évade lentement au-dessus des nuages pour s'envoler comme un oiseau déployant ses ailes. Je peux rêver à toute cette beauté en appréciant ce calme retrouvé, c'est à cet instant précis que mon désarroi disparaît, je me sens si bien. J'ai voulu retenir les phrases et les mots pour qu'ils s'inscrivent à jamais en nous. Ma fidèle amie qui avait su me soutenir durant toutes ces longues années, grâce à vous j'ai renoué avec mon passé, mes doutes se sont alors dissipés. Où êtes-vous maintenant ? Peut–être, êtes-vous assise dans le jardin de cette grande maison si accueillante située au bord de ce fleuve si tranquille, où les fleurs odorantes et colorées sont le reflet de votre cœur si charitable. Où êtes-vous partie sur cet autre continent en Afrique, là où les vagues viennent fouetter les rochers, où l'embrun vous fait voyager ? Je vous imagine une ombrelle à la main pour vous préserver du soleil, marchant doucement sur ce chemin à la recherche d'une liberté tant espérée. Vos pieds foulant le sol vous guident parmi toutes les broussailles et les pierres, vos mains tendues vers le ciel appellent au calme et à la plénitude. Ce sable doré couleur de l'Afrique vous transporte dans un ailleurs si lointain. Les vagues fraîches du matin arrivent jusqu'à l'empreinte de vos pas, vous rêvez, tandis que le vent soulève vos cheveux si bien étalés sur vos épaules. Vous rêvez et dans vos yeux si bleus l'océan s'y reflète. Sans un mot, votre tête penchée espère qu'un jour viendra le temps de l'espérance. Vous êtes seule, bien seule au milieu de ce qui vous interroge sur votre vie et sur votre passé. Vous êtes si belle en ce jour car votre âme si noble montre l'image de votre cœur. Vous êtes si mystérieuse en cet instant que votre corps si mince exprime votre peine enfouie dans vos entrailles. J'aurai voulu immortaliser ce moment pour qu'à jamais vous puissiez vous rappeler qui vous êtes, ce que vous êtes : la terre et le ciel, l'eau et le feu, le volcan et la rose, un être unique, une amie si fidèle que je ne puis oublier. J'ai chanté dans l'eau du torrent afin que l'écho de ma voix voyage jusqu'à vous. Dans cette robe couleur gris perle avec ce plastron en dentelle blanc qui recouvre votre cou, vous êtes tellement magnifique que vous me semblez irréelle. Vos yeux couleur de l'océan, ce bleu profond où l'on voudrait se perdre rappelle la chaleur de l'été, vos cheveux au reflet brun clair qui encadrent votre visage font penser à une madone. Vous êtes si merveilleuse, nul ne pourrait imaginer que vous avez fini par

34

disparaître dans les brumes épaisses du matin qui se lève. Pour les uns vous êtes celle qui est partie, pour les autres vous êtes celle qui n'a pas pu rester. Sur ce chemin vous marchez, chaque bruit de vos pas rappelle que vous existez. Si seulement on vous avait aimée, vous auriez pu soulever la terre entière en redonnant à la vie le son de sa mélodie.

Mais voilà :
-vous avez parlé, ils n'ont pas voulu écouter
-vous avez crié, ils n'ont pas voulu entendre
- vous avez regardé, ils n'ont pas voulu voir
- vous avez pleuré, ils n'ont pas voulu comprendre

Le son de votre voix s'est alors brisé.

Ma douce et sincère amie, j'ai si souvent pensé à vous, à votre joie de vivre qui illuminait le ciel comme un rayon de soleil. Qu'êtes-vous devenue en ce printemps où les fleurs éclosent dans les jardins ? La rosée du matin sur l'herbe verte scintille au soleil comme des diamants ou des perles de cristal, reflétant ainsi votre image dans ces miroirs. Je voudrais d'un coup de baguette magique pouvoir changer le monde pour que vous puissiez à nouveau rire et sourire. Vos yeux couleur du ciel changent au gré des saisons : Bleu comme l'été, vert comme le printemps, gris comme l'automne, gris vert comme l'hiver. Vous êtes la seule personne en qui j'avais confiance, à qui je pouvais confier tous mes secrets, aujourd'hui je ne sais plus à qui parler car personne ne me comprendrait. Comme vous, seule dans ce monde, je navigue entre ciel et terre à la lueur des étoiles. Vous avez su m'écouter, m'entendre, me comprendre, et vos mains tendues ont réchauffé mon âme au moment où j'en avais le plus besoin. A la lueur des flammes votre destin a basculé, vous ne méritez pas tous ces espoirs déçus, car vous étiez humble, sincère, douce, généreuse, ils n'ont pas voulu vous comprendre, vous aimiez chanter et rire, ils vous ont muselée.

Assise sur cette place où l'église s'élève dans ce ciel bleu, je pense à vous mon amie. J'aime cette église rayonnante où le clocher pointu touche les nuages, où le son des cloches perturbe à peine ce calme et ce silence. La place de ce quartier m'émerveille à chaque fois que mes yeux croisent son image, cette carte postale permet de m'évader en me transportant dans d'autres lieux magiques. Cette église avec son toit gris, sa girouette qui indique le sens du vent donne à ce temps suspendu une certaine harmonie. Cette plénitude au milieu de ce tumulte quotidien me permet d'oublier la réalité du moment, ainsi cet instant si différent devient un bonheur permanent. Le murmure des pierres raconte l'histoire d'une époque où se trouve gravé le nom des saints et des apôtres. J'écoute le son des cloches qui me rappelle que le temps existe. Quelle heure est-il ? J'entends le chant des mouettes, pourtant la mer est si loin ! Le cri des corbeaux mêlé à celui des oiseaux de passage me renvoie l'image d'un voyage à l'autre bout du monde. Je me suis perdue dans l'immensité de ce temps et de cette vie si fragile, j'ai aimé sans retour, mais je ne regrette pas ce que j'ai fait ou dit. Vous aussi, mon amie, vous avez voyagé dans ce temple verdoyant où votre silhouette si gracieuse déambule sur des chemins parfois si tortueux.

J'ai imaginé un instant votre vie, une vie heureuse et tranquille, est-elle ainsi ?

Après toutes ces épreuves, êtes-vous enfin apaisée ?

La vie vous offre-t-elle ce cadeau que vous méritez ?

La paix intérieure, cet apaisement, ce temps retrouvé ont-ils vaincu vos peurs et vos doutes ?

Je repense à notre complicité, à tous ces moments de mon enfance, à ces morceaux de vie qui me reviennent petit à petit en mémoire comme des flashs qui apparaissent, puis disparaissent. Tous ces souvenirs qui se bousculent dans ma tête me font penser aux jours heureux.

Ainsi, j'aimais, à la fraîcheur du matin, tenant dans la main une tartine recouverte d'une délicieuse confiture, déguster ce fameux petit déjeuner. Posée sur la table, la théière remplie d'un agréable breuvage laissait échapper dans la pièce ses vapeurs parfumées. Assise dans la brise du matin, au calme, je savourais cette tranquillité, seul le chant des oiseaux venait perturber cette rêverie. Les mouettes apportaient un air de vacances avec leur cri de bord de mer. Le silence de la campagne permettait à mon esprit de s'évader grâce à la méditation. Les feuillages des arbres se balançaient doucement de gauche à droite, de droite à gauche au rythme du passage du vent en racontant une histoire. Les images de mon enfance se bousculent tout à coup dans ma tête, laissant mes souvenirs revenir en mémoire.

Je me souviens de l'odeur du café dans la cuisine le matin au réveil, quand mon père partait travailler, du regard tendre de ma mère observant ma tasse du petit déjeuner. J'entends le bruit des pas de ma grand-mère descendant les escaliers pour préparer le festin du matin. Je me rappelle le goût des biscuits qui attendaient sur la table d'être mangés, puis la douceur du miel sur la cuillère à portée de bouche. Je revois les volutes du chocolat, quand le lait versé prenait des formes géométriques, puis cette mousse si crémeuse qui s'estompait au fur et à mesure des mouvements du bol quand il effleurait les lèvres. Tous ces souvenirs d'enfance me reviennent en mémoire comme des bouffées d'air pur me replongeant dans ces moments de quiétude où le passé devient présent.
Je revois, ma maison d'autrefois avec son portail en bois qui laissait apparaître l'escalier en pierre menant au perron, sa grande cuisine où l'horloge capricieuse sonnait les heures. J'aperçois, le salon avec son canapé en tissu rouge, le piano où mon père jouait une douce mélodie, ma chambre, celle de mon père enfant dans laquelle je rêvais en

m'endormant, le buste en marbre qui surplombait la commode à tiroirs. J'entrevois, la chambre de ma grand-mère chargée de meubles anciens, son lit dans lequel j'aimais m'allonger au chaud sous l'édredon moelleux, la chambre de mes parents qui accueillait mes peurs d'enfant, l'atelier de mon père qui aimait bricoler une scie à la main puis ce tonneau qui servait de table le temps d'un été. Je revois le pique-nique étalé sur la grande nappe à carreaux, le panier rempli de victuailles, les papillons qui virevoltaient autour de nos têtes, le voisin qui s'invitait pour partager ce repas improvisé. J'entends nos fous rires qui s'échappaient dans la chaleur de l'été, puis, vous, ma chère amie qui était là, farceuse et rêveuse. Je me souviens de nos courses à vélo sur ce chemin cabossé, de tous ces souvenirs gravés sur le tronc de cet arbre. Il y avait aussi nos baignades dans l'eau de la rivière, ces flots qui nous transportaient vers l'île de nos rêves, aucun bruit, juste le son du clapotis contre les rochers au visage humain. Je suis ailleurs, hors de portée, hors de tout, je respire enfin la liberté. Je voudrais retrouver les souvenirs de mon enfance, la douceur des jours heureux, nos confidences, nos secrets, nos espoirs aussi. J'aimais plonger doucement dans cette eau fraîche pour me désaltérer à la source si pure et croire que tout était possible. J'aimais cette solitude, ma solitude. Il y avait des matins de bonheur et des soirs de tristesse où la main de mon père venait me bercer pour m'endormir, je revois ses yeux si clairs d'un bleu couleur des mers qui me regardaient tendrement en me rassurant. Il y avait aussi ce vase posé sur la console du couloir par les mains délicates de ma mère, puis la lampe allumée pour chasser les cauchemars qui viendraient perturber mon sommeil. J'entends encore les chansons fredonnées par ma grand-mère qui racontaient des fables de princes et princesses. Je me souviens de tous ces moments de partage, de joie, de rire où le verbe aimer avait encore un sens. Parmi les fleurs de mon jardin il y a vous ma chère amie, puis toi que j'aime tant, mon espérance avec tout cet amour dans mes mains, il y a la chanson du pinson, puis ce bouquet de roses posé qui reflète le calme, la sérénité. Dans les fleurs de mon jardin, il y a aussi mes amis si fidèles d'aujourd'hui et de demain. J'ai chanté au bord du chemin tout ce bonheur partagé puis tout cet amour donné, pour vous entendre rire, sourire, danser, rêver.

Assise à la terrasse de ce café, je rêve en écrivant cette lettre. Tout à coup le ciel s'assombrit, de gros nuages couleur coton remplissent ce ciel si bleu. Aujourd'hui il pleut. Quelques éclairs illuminent cette journée d'été, au loin j'entends l'orage gronder. Des coups de tonnerre jouent une mélodie dans cet espace-temps, les volets claquent au rythme des rafales faisant un tintamarre digne d'une fanfare, une légère brise s'est levée rafraîchissant ainsi la chaleur du moment. Il pleut. Goutte à goutte l'eau s'écoule venant ainsi réveiller mes sens pour me faire voyager au son de cette douce mélodie. Les fleurs et les feuillages racontent une histoire, celle d'une vie inventée, où il fait bon s'y perdre. Je respire l'odeur de l'herbe humide, mes yeux clignotent au vu de cette curieuse lumière. Le cri des mouettes mêlé au chant des oiseaux me rappelle à la fois la campagne et le bord de mer, permettant à mon esprit de s'évader pour vous rejoindre ma douce amie, là où vous êtes peut-être sur cet autre continent, en Afrique ? Le ciel étoilé m'indique la route à suivre. Je m'imagine marchant sur cette plage de sable fin ou allongée au soleil savourant l'effleurement des vagues sur mes jambes découvertes.

Ce moment d'abandon me transporte sur le pont de ce navire qui passe doucement au fin fond de la ligne d'horizon, il suit une route vers un futur proche, mes mains appuyées sur la rambarde m'empêchent de tanguer et de tomber. Le vent secoue doucement mes cheveux, reflétant ainsi mon image sur le bleu profond de la mer, le miroir de l'eau me plonge ainsi dans une rêverie qui me transporte dans un ailleurs insoupçonné dont moi seule connaît le secret. Le temps s'est arrêté à l'entrée de ce voyage, au milieu de nulle part. J'écoute le chant de la rivière, l'orage est passé, il a fait place à un ciel étoilé. Mon esprit vagabond me fait à nouveau voyager au-delà des mers et des montagnes. Je pense à vous mon amie, assise dans ce jardin verdoyant à l'ombre du cerisier ou marchant sur le sable blanc de cet autre continent. Je vois la mer bleue, si transparente, j'entends le ressac des vagues, je sens l'odeur des algues, je m'évade. Je vois les lagunes turquoise, toute cette faune et cette flore qui naissent puis disparaissent. J'aperçois les poissons aux écailles colorées nageant à vive allure dans ces eaux translucides, les palmiers sur la plage où il fait bon se reposer. Je sens, la fraîcheur de la noix de coco lorsque son eau coule dans ma gorge me permettant de me désaltérer. Je ressens, la chaleur du sable blanc si fin qui s'infiltre entre mes orteils chatouillant ma peau rougie par le soleil. Ce temps qui s'étire, fait place à la paresse des jours heureux. En marchant sur cette plage je perçois la chaleur du feu de camp. Ses flammes qui crépitent à la tombée de la nuit se mêlant au coucher du soleil, donne à l'atmosphère son côté à la fois mystérieux et magique. Ce calme qui amène à la méditation, à cette sensation de lâcher prise où le corps se détend, à ce moment précis l'esprit fusionne avec l'âme et le cœur. Ce souffle de vie lorsque la respiration prend le rythme de la vague qui se meurt sur la plage, c'est seulement à ce moment-là que je suis quelqu'un d'autre, un être à part, différent, pourtant toujours identique à ce qu'il est réellement. Je respire profondément tous ces parfums de la terre, ce mélange de senteurs exotiques me rappelle ce monde coloré où le temps s'est arrêté. Je peux courir cheveux au vent le long de ce lagon, la chaleur sur ma peau réchauffe mon être tout entier. Mon amie, si vous étiez à mes côtés nous aurions pu rire et danser, de jolis bracelets colorés orneraient vos poignets bronzés, le son de leurs perles et clochettes pourrait m'hypnotiser. Je m'envole au son de cette douce musique sur les ailes de cet oiseau qui passe, haut, très haut dans le ciel. Je vois ce village où les maisons ressemblent à des champignons sortis du sol brun poussiéreux, des enfants jouent et dansent au rythme du tambour. Cet instant m'éblouit, je plane doucement sur les larges ailes de ce rapace, ses douces plumes caressent mon visage, émerveillée par tout ce paysage, je m'endors tranquillement sur son panache. J'ai ouvert les yeux, l'oiseau s'est envolé au-dessus des nuages me déposant sur le rivage. Sur la plage, je me suis réveillée, mon regard s'est alors posé sur cette pirogue usée par les mers et les tempêtes, j'ai pensé à tous ces hommes bravant ces eaux houleuses. J'ai prié pour que tous ces pêcheurs cherchant quelques nourritures à la force de leurs bras survivent dans ce milieu hostile. Il a fallu si peu de choses pour que je revienne à la réalité du quotidien, que tout s'estompe comme un mirage. Les plages ont disparu, le monde est revenu, je suis au milieu de ce jardin, la brise légère caresse mon bras dénudé. J'étais si bien, me voici réveillée de ce voyage hors du temps

Ma douce et merveilleuse amie, vous qui me connaissez si bien, je pense souvent à vous, j'espère que vous avez enfin trouvé la paix dans votre cœur. Ce cœur qui bat au rythme des saisons. Le temps a passé, le monde a changé. J'avais rêvé d'un monde fait de bonheur et de joie où l'on pourrait simplement aimer. Les gens sont si différents, la peur guide leurs pas, ils ont oublié l'humain et qu'exister c'est vivre. Où est ma place ? Je me souviens de vous riant, pourtant la tristesse se lisait au fond de vos yeux si bleus. Il y avait cet homme dont vous me parliez souvent à une certaine époque, vous l'aviez rencontré un soir d'automne. Qu'est-il devenu depuis votre départ ? Toutes ces questions qui sont restées en suspens ont-elles trouvé une réponse ? Je me souviens de ses bras entourant votre taille si fine, de votre sourire le matin au réveil. Je repense au son de sa voix qui murmurait au creux de votre oreille des "je t'aime", le pensait-il vraiment ? Tous ces mots à peine prononcés, étaient-ils sincères ? Je revois l'ombre de sa silhouette franchissant le seuil de cette porte, la douceur de sa peau sous vos doigts frémissants. Je ressens le tremblement de votre corps quand il vous prenait dans ses bras puis ce passé qui vous rattrape malgré nous. J'appréhende ce moment où je devrai faire face à mes doutes. Le pourrai-je vraiment ? J'ai oublié tellement de choses, me serais-je perdue au fond de la ligne d'horizon, un matin de printemps ou un soir d'automne ? Le temps s'est arrêté un instant devant cette porte entrouverte, mes peurs ont envahi mon être, mon âme a chancelé, mon cœur s'est figé, j'ai eu envie de m'enfuir sans me retourner. Ma douce amie, je sais et je comprends cette crainte, cette frontière entre le jour et la nuit, cette douleur sourde, cette souffrance. Aujourd'hui je me demande ce que la vie a fait de nous, des êtres fragiles qui ne savent plus où est leur place dans cet univers. Je souhaiterais tellement retrouver ma vie d'avant, celle de notre insouciance où nos joies et nos bonheurs n'étaient sans doute qu'une illusion, mais qui nous permettaient de vivre en souriant. J'aimais tellement ces Noëls passés devant la cheminée à écouter le feu crépiter, ces rêves entremêlés d'espoir où entendre battre son cœur permettait de survivre. Je revois ces petits moments de bonheur quand nous riions aux éclats pour oublier nos peines pendant que le champagne coulait à flot sous nos yeux ébahis. J'entends encore la voix grave de mon père racontant des histoires du passé, je repense aux yeux couleur noisette de ma mère regardant sa vie s'écouler. Mais qu'en est-il maintenant ? J'ai cherché longtemps un havre de paix dans une maison serenne où les pierres mystérieuses pourraient me protéger de toutes ces batailles perdues. J'ai entendu couler l'eau fraîche dans ce verre où la grenadine donnait à cette boisson ce rouge sang qui coule dans nos veines, ce mélange couleur de vie mais aussi de cette fin annoncée à chaque coup de l'horloge lorsqu'elle sonne. Ce temps qui passe inlassablement au son des heures gravées sur le cadran de cette pendule, ce temps qui passe où le mot rien prend tout son sens. Je repense alors à toutes ces années d'errance où l'oubli a fait place à l'absence. Ma douce et merveilleuse amie, vous êtes celle qui avait cru en moi en comprenant mes doutes et mes peurs. J'ai noyé mon chagrin dans l'eau du torrent, la rivière l'a emporté en coulant entre les pierres. J'ai marché sur des chemins ensanglantés, laissant mes pieds graver sur le sol l'empreinte de mes pas. La terre s'est envolée et la poussière a jailli de mes pensées. Ma chère amie, j'ai si souvent pensé à vous. Je me sens si seule dans l'immensité de ce monde. L'oiseau a chanté et j'ai écouté son histoire.

L'oiseau a chanté et j'ai écouté son histoire

Je revois la grande maison de mon enfance où les rêves résonnaient entre les murs où le soleil rayonnait à travers les fenêtres grandes ouvertes. C'était si bon de retrouver l'âtre de cette plénitude, ce bonheur si illusoire qui s'installait dans ces grandes pièces, ces miroirs qui reflétaient notre image. J'aperçois ma mère dans la cuisine, solitaire, affairée autour des fourneaux. Je sens l'odeur du gâteau cuisiné par ma grand-mère sortant encore brûlant du four. Je vois les tartines de pain grillées étalées sur la table ainsi que les pots de confiture appelant à la gourmandise. Je revois le jardin clos par la barrière grise festonnée de dentelles, les grands arbres secoués par le vent, le lilas mauve s'étalant au-dessus de la tonnelle sans oublier le grand puits servant de table pour le goûter. J'entends la chanson du pinson dans l'arbre fruitier, les ailes du merle frôlant les feuilles du cerisier, le bruit de la tondeuse coupant les hautes herbes du jardin. Je repense à tous ces escargots rampant doucement dans les allées, à la grande bassine en zinc où je m'amusais enfant. Je ressentais cette tranquillité si apaisante lorsque, allongée dans la chaise longue en toile, je rêvais tout éveillée, ces rêves qui m'emportaient loin de tout, dans ces grands nuages d'un bleu argenté. Les rayons du soleil réchauffant nos corps les après-midi d'été nous donnaient l'impression de nous évader. Dans cette grande maison de mon enfance au hasard des pièces qui défilent sous mes yeux, j'ai pu retrouver toutes ces photos perdues dans la grande boîte en métal qui rappellent le souvenir d'une vie en noir et blanc. Des personnages oubliés au fond du tiroir qui revivent lorsque sortis à la lumière, la question se pose : « Qui sont-ils ? » Telles toutes ces dames du temps jadis, habillées de grandes robes longues, sérieuses devant le photographe qui fige leur image. Ces bouts de vie, ces souvenirs à peine dévoilés qui renaissent un instant lorsque nos yeux se posent et s'interrogent. Il y a aussi toutes ces lettres écrites à l'encre noire bien rangées dans le placard, tous ces mots inscrits sur les pages jaunies par le temps racontant : des bribes de vie, des histoires d'amour bien cachées, des secrets bien gardés, des prénoms ignorés qui se dessinent parmi les lettres et les phrases, des oncles, des tantes, des amis, des inconnus qui défilent au fil des pages qui se tournent. Tous ces êtres qui ont existé, qui ont été oubliés, ces vies qui ont disparu de notre mémoire.

« Que sont-ils devenus ? » Chacun de nous représente le maillon de la chaîne qui relie le passé au présent et le présent à l'avenir. Sans eux, nous ne pouvons exister, ils constituent l'élément qui a fait de nous ce que nous sommes aujourd'hui, un être de chair et de sang. Toutes ces lettres racontent :
- des trahisons et des passions,
- des absences et des retrouvailles,
- des souffrances et des rires,
- des douleurs et des bonheurs,
- des guerres et des espoirs,
- des ruptures et des mariages.

Tout un monde qui s'éveille à chaque vie qui renaît, à chaque lettre lue, des morceaux de vie qui donnent un sens à la nôtre en nous interrogeant sur notre passé.

« Qui sommes-nous ? » :
- Un enfant qui se construit sans savoir qui il est réellement
- Un adolescent perdu qui se cherche en s'interrogeant sur sa vie et sur son avenir
- Un adulte qui ne trouve pas sa place mais qui essaie de choisir un chemin.

Nous sommes à la fois un mélange de bonheur et de souffrance, de joie et de douleur. J'aimerais être tout simplement moi, constituée de ce mélange et surtout d'amour, de rires, de sourires. Et puis il y a tout ce monde qui gravite autour de nous, fait de bruits, de tumultes, de rencontres, de hasards, cet immense espace qui tourne et tourbillonne pour nous emmener vers des terres inconnues. Il suffit d'une rencontre imprévue au détour d'une rue, c'est ainsi que j'ai pu croiser son regard sans pouvoir me retourner que déjà je voyage sur un autre continent, le vent m'emporte sans savoir où pouvoir m'arrêter. Il y a toutes ces belles phrases prononcées que l'on croit à demi-mots, ces mains qui se rejoignent sans vraiment se toucher, ces regards qui s'effacent à mesure que le temps passe. Il y a moi qui doute, puis toi qui redoute, puis ce nous qui s'intercale juste pour un soupir. L'heure a sonné, il est temps de repartir vers un autre destin ou une autre histoire. Vais-je pouvoir m'arrêter, vais-je pouvoir continuer avec tout ce bonheur à distribuer ? Tout ce bonheur qui nous envahit, cet amour qui se construit puis moi qui réfléchit la nuit au fil des heures qui défilent. Toutes ces histoires qui se racontent sur un bout de table, ces

rêves inachevés mais qui nous font espérer :
Un jour peut-être ?

Mon amie de toujours, avez-vous été heureuse, avez-vous pu trouver ce bonheur auquel vous aspiriez ? Nul doute que vous étiez une âme pure. Le savaient-ils ? Je vous imagine regardant à travers cette fenêtre si transparente, espérant secrètement un autre destin. Ce jardin si paisible aux fleurs colorées me transportant loin de tout, me rappelle des souvenirs enfouis dans ma mémoire.

Je me souviens de la maison de ma grand-mère avec ses alcôves si mystérieuses où étaient entassés les trésors d'une vie. Je revois la garde-robe de l'arrière-grand-mère où se mêlaient les épais draps en coton aux volumineux jupons en dentelles. Je retrouve aussi les chapeaux en paille tressée un peu poussiéreux qui ont abrité du soleil la tête de nos ancêtres. Puis tous ces souvenirs d'une guerre où le grand-père était revenu un peu bancal et perdu de toutes ces années d'errance dans la boue et la folie. Le numéro de matricule caché au fond du tiroir qui rappelle que tout cela a existé. Il y a aussi toutes ces cartes postales écrites d'une main juvénile conservées bien à l'abri de la lumière qui sont le témoin d'une vie passée. Tous ces souvenirs se bousculent dans ma tête faisant ressurgir des bribes de mon enfance. Je revois, l'ancienne gazinière qui réchauffait les crêpes de la chandeleur que l'on faisait sauter dans la poêle, la porte du grand placard qui dévoilait les ustensiles de cuisine provenant d'une autre époque. Puis la sonnerie du téléphone qui nous replonge dans la réalité du quotidien. Tous ces SMS restés sans réponses, toutes ces interrogations qui s'accumulent jour après jour, ces portes à demi-ouvertes qui se referment sans savoir ce qu'il y a derrière. Ce doute qui s'installe puis la vie qui continue encore et encore. J'entends le son d'une voix quand je décroche le téléphone, le temps qui s'arrête, le cœur qui bat sans savoir pourquoi, l'attente qui s'installe, puis la vie qui reprend son cours. Ce temps qui passe, la nuit qui arrive, l'esprit qui s'évade, une histoire qui commence, un rêve qui s'achève. C'est ainsi que je voyage en m'endormant, les images s'entrechoquent pour défiler sur la pellicule de mes pensées. Je revois ces douces heures assise sur les genoux de ma mère lorsque je m'endormais bercée par la mélodie qu'elle me chantait. Je repense à ce

56

salon où je dansais enfant en tutu blanc avec dans mes cheveux bouclés un joli ruban, puis les départs précipités le matin sur le chemin de l'école. J'aperçois l'image de ma mère dans la glace nouant ses longs cheveux pour en faire un chignon pendant que mon père assis au piano jouait la douce mélodie de la lettre à Élise. Je revois ses doigts agiles qui couraient sur les touches en ivoire, moi assise dans le grand fauteuil en train de l'écouter. J'entends le bruit du métronome martelant le tempo laissant le son s'évaporer dans l'air ambiant. Ce temps qui s'était arrêté un court instant dans le salon permettait à la musique d'envahir l'espace puis à tous ces secrets murmurés dans l'écho des murs de trahir cette vie si tranquille. J'aurais tellement aimé entendre des mots qui me rassurent et m'apaisent. J'ai dans le cœur une chanson, un regard qui se pose puis m'interpelle, un espoir, une image qui se forme. Je vois un visage qui se dessine sur le rivage accompagné du bruit des vagues quand elles frappent le sable sur la plage. Un visage qui prend l'immensité du paysage, sur le sol un nom gravé qui chante pour s'envoler dans les airs. J'entends le bruit des battements de mon cœur qui me rappelle la douceur de l'été, quand assise sur la terrasse ensoleillée, je regardais sourire ma mère. Je repense à ses bras qui me prenaient pour m'enlacer, la douceur de ses baisers sur ma joue.

Aujourd'hui, je m'interroge sur cette vie qui passe au fil des heures qui s'égrènent, sur ce monde qui fourmille sous nos yeux, à toutes ces questions que l'on se pose sans en avoir les réponses. Je revois tous ces visages qui traversent mes pensées, j'entends toutes ces voix qui murmurent à mon oreille des mots inventés. Ce temps qui passe a effacé les cartables et les cahiers, les jouets d'enfants et les sucettes en chocolat que je dégustais à la sortie de l'école. Je me souviens de la grande confiserie remplie de bocaux où les sucreries aux mille couleurs y étaient bien rangées. Le rouge des bonbons coquelicot qui fondaient doucement dans la bouche, les réglisses en forme d'escargot qui se déroulaient lentement sur la langue, les sucettes au caramel qui attendaient sagement d'être mangées. J'entends tinter les bocaux en verre, lorsque les couvercles s'ouvraient laissant s'échapper l'odeur du pain d'épice, des nonnettes à l'orange mêlée à celle du fondant des calissons. Je respire le sucre d'orge couleur de l'arc en ciel, je revois la brioche de Saint Genix qui une fois coupée en tranches, laissait apercevoir le rose de ses pralines qui craqueront délicieusement sous la dent.

Je retrouve aussi l'épicerie où j'allais enfant, quand assise sur le comptoir j'attendais les gaufrettes que m'offrait une gentille dame surnommée "Madame Miam Miam". Je repense aux regards émerveillés des enfants, quand sous leurs yeux apparaissaient toutes ces friandises, la porte qui s'ouvre, la cloche qui tinte, la dame assise derrière le comptoir qui verse cette multitude de bonheurs sucrés dans de petits sachets en papier coloré. Me reviennent alors en mémoire tous ces parfums qui s'échappent au fur et à mesure que nos yeux se posent sur les étals. Ainsi apparaissent sur les étagères en bois ciré ces petits biscuits bien rangés dans de jolies boîtes en carton délicatement posées à côté de la douceur de la guimauve. Je repense à tous ces moments de joie quand nos trésors se révélaient sous nos yeux et que leur parfum s'éparpillait dans nos bouches gourmandes, à tous ces souvenirs qui reviennent puis s'effacent. Tous ces moments de partage me rappellent les convives qui venaient s'asseoir autour de la table. Le sourire de ma mère préparant le repas, les invités qui s'affalaient, dans les grands fauteuils du salon, leurs discussions animées et moi qui les regardais amusée. J'aperçois le grand lustre en cristal qui reflétait la lumière avec ses pampilles qui tintaient au moindre courant d'air. Je me revois petite marchant la nuit dans ce long couloir où le parquet craquait sous mes pas, faisant ressurgir mes peurs d'enfant. Tous ces souvenirs me reviennent en mémoire comme des bouffées d'air pur me rappelant la douceur des jours heureux.

Ma chère amie, j'espère que vous avez fini par retrouver le calme des matins d'été, quand la rosée pareille à des perles de cristal se posait sur l'herbe encore verte, lorsque la fraîcheur des soirées vous emportait dans une rêverie. Ces moments de plénitude me remémorent ces instants de joie lorsque le sourire de ma mère émerveillait mes journées et que les bras de mon père me rassuraient tendrement. Je revois mon lit à barreaux où je dormais enfant, le soleil entrant par la fenêtre, la cheminée avec la pendule ancienne où les aiguilles tournaient sur le cadran en nacre. J'aperçois les épais rideaux qui cachaient la lumière le temps d'une sieste, l'armoire bancale avec mon image se reflétant dans le miroir. Au loin, apparaît le grand sapin qui se dressait dans le ciel avec tous les arbres fruitiers qui révélaient leurs juteux trésors, les grappes de raisins qui pendaient le long du mur en pierre, la glycine montant tout en haut des fenêtres, puis ma mère penchée au balcon qui m'appelait pour le goûter. Sur la table apparaissaient, les friandises bien étalées dans les assiettes accompagnées du chocolat chaud fumant dans la pièce. Je m'asseyais sur la chaise de cette cuisine où le grand-père venait aiguiser son couteau pour savourer à pleines dents le gâteau au chocolat puis la crêpe au sucre. Mon sourire d'enfant s'émerveillait devant toutes ces gourmandises pendant que le chocolat chaud dessinait une moustache au fur et à mesure que mes lèvres trempaient dans la tasse. Tout était calme, seul le miaulement du chat du voisin venait interrompre ce silence. Tous ces souvenirs se bousculent dans ma tête, ils se mêlent et s'entremêlent pour me renvoyer à une époque lointaine de mon enfance. Je me revois enfant assise sur les marches de cet escalier, lorsque rentrant de l'école j'attendais que l'on vienne m'ouvrir la porte. Mon cartable sur les épaules et tous mes crayons de couleur bien rangés dans ma trousse, je dessinais, sous mes doigts, des maisons et des arbres prenaient forme racontant une histoire de ciel bleu avec un soleil. Le soir pendant que je serrais tendrement ma peluche dans mes bras pour m'endormir, mon esprit s'évadait. Je revois le jardin avec les hautes herbes où les insectes viennent se poser. Je distingue au loin le miel qui coule généreusement des ruches. J'entends le bourdonnement des abeilles qui annoncent le printemps, tout ce bonheur m'envahit. J'ai si souvent rêvé de ce calme et de ce silence que j'ai peine à croire qu'il est là tout près. Tous ces souvenirs ressurgissent comme un film qui défile sous mes yeux.

Aujourd'hui, j'ai revêtu ma robe fleurie et mes chaussures vernies pour aller me promener en tenant la main de ma mère, je suis si petite. Je me revois blottie dans la chaleur de ses bras ou confortablement installée sur les genoux de mon père, m'interrogeant sur ce que je veux réellement. Dans ma vie j'ai croisé beaucoup de personnes, certaines se sont arrêtées, d'autres n'ont fait que passer, je les ai toutes aimées mais différemment. Chaque rencontre a une signification bien particulière qui n'est pas due au hasard. Au cours de notre existence nous rencontrons des personnes formidables avec qui nous vivons des moments formidables qui nous aident à avancer dans notre vie. Tous ces liens que nous créons sont là pour nous montrer la voie à suivre, en nous permettant de réfléchir sur nous-même. Pour que ce lien puisse se créer il faut savoir donner de l'espace à cet autre, l'accepter tel qu'il est, laisser ses paroles nous porter, rentrer dans son univers. C'est un univers qui s'ouvre alors avec ses craintes, ses peurs, ses doutes, ses espoirs. Ma chère amie, je remercie la vie d'avoir pu vous rencontrer, vous étiez celle qui savait m'écouter et me réconforter. Je regrette tellement votre départ car vous étiez ce qu'il y avait de plus précieux dans ce monde, comme un diamant votre âme brillait au milieu de la nuit. Je prie chaque jour pour que la vie vous apporte ce qu'il y a de mieux dans ce monde. Je vous souhaite tout ce bonheur que vous méritez, je vous souhaite tout ce que l'on peut souhaiter à une personne qui compte pour vous. Je vous imagine assise sur ce banc savourant les derniers jours de l'été en regardant le paysage de ce voyage, seule, vous rêvez à ce jour qui viendra vous réconforter. Comme vous, je me suis perdue moi aussi en espérant que cette attente prendra fin en oubliant la faim et la soif l'espace d'un instant. Aujourd'hui il ne me reste plus que les souvenirs de mon enfance pour me réconforter.

Je revois ma grand-mère écoutant mes peines, je sens le battement du temps qui passe et ce regard posé sur moi qui s'enfuit. Je vois mon père au visage si mince tenant la faux à la force de ses bras pour couper l'herbe du jardin. Sa chemise blanche tachée par les brindilles qui s'envolent au-dessus de sa tête lui donne l'air sérieux des travailleurs des champs. Des gouttelettes de sueur coulent doucement sur son visage montrant l'effort du labeur. La faux est lourde, mais le geste est précis, chaque lancée de cet outil donne au jardin la netteté de la coupe. Son pantalon gris, un peu large lui permet d'amples mouvements au fur et à mesure qu'il avance. C'est avec son père qu'il a appris ce travail pénible des enfants de son âge. Ma mère le regarde avec son grand chapeau de paille sur sa tête tout en ramassant les tas déposés au bord de l'allée. C'est l'été. Le temps est doux et agréable, une légère brise vient rafraîchir l'atmosphère. Quant à moi, assise sur mon vélo de petite fille, je slalome entre les herbes éparpillées deçà delà. Cette maison si tranquille de la mère de mon père me permettait de m'évader l'espace d'un été. Cette maison qui a vu grandir mon père me rassurait, cet endroit où mes rêves d'enfants prenaient vie me donnait la légèreté de l'insouciance. Dans ma chambre d'enfant, je rêvais au milieu de tous ces jouets qui s'amoncelaient dans de grands bacs fabriqués par mon père. Avec une scie à la main, un établi posé, il pouvait transformer le monde en lui donnant des formes très différentes, chaque objet était l'œuvre de sa création, tantôt utile, tantôt imaginaire. Sous ses doigts, le bois prenait l'aspect d'une tête de lit, d'un meuble réparé, d'un objet pour ceux qu'il aimait. Mon cher père, toi qui as su m'entourer de tendresse et d'amour tous les jours de ma vie d'enfant, je pense souvent à toi. Je m'évadais dans tes bras chaleureux et rassurant en écoutant tes mots tendres que tu me soufflais au creux de mon oreille. Il y avait ces soirs de Noël où le lapin farceur devant la cheminée frappait des cymbales, où le sapin des forêts illuminait la pièce de ses guirlandes multicolores ; le rouge et le blanc se confondaient à la lueur de la bougie qui vacillait au fond de la pièce. Je riais devant tout ce décor pendant que les sentons chantaient sous la neige qui tombait. Je revois les bûches de Noël et les galettes des Rois. Mon père, mon unique Roi, toi, qui m'apportais douceur et joie, je me rappelle de ton humour, de ton regard si bienveillant, de toi déambulant dans la cuisine pour préparer un délicieux repas. Je me souviens de tes merveilleuses quenelles, du moelleux gâteau de Savoie que je savourais assise à la table familiale. Je revois, la nappe blanche brodée aux initiales de ma grand-mère, les assiettes décorées de personnages insolites mimant une scène de la vie, toutes ces soirées d'hiver où le froid de la saison contrastait avec la chaleur de la maison. Je navigue entre ciel et terre au gré des vents et des marées, une boussole à la main, où est mon destin ? Aujourd'hui, jour de la Chandeleur, ma grand-mère prépare des crêpes et des bugnes dans une grande jatte. Chaque œuf cassé avec soin se répand sur la farine tamisée, le lait coule lentement pendant que le fouet mélange cette pâte onctueuse. La poêle grésille du beurre à peine fondu, là où la crêpe légère et fine cuira à petit feu. Mes papilles d'enfant s'émerveillent à l'odeur des pots de confiture et du chocolat qui s'étalent sur ces gourmandises. Quel délicieux parfum que ce mélange de ces diffé rents ingrédients. Ma main encore maladroite fera sauter la fine crêpe dans la poêle encore chaude, quelques pièces au creux de mes doigts accompagneront cette danse singulière significative du bonheur retrouvé. Des bugnes en forme de nœuds papillon prendront place sur la planche pâtissière à côté des coussins de pâte remplis de compote de pommes et d'abricots. C'est la Chandeleur. Mes yeux de petite fille brilleront devant tous ces plateaux remplis par les mains de fée de ma grand-mère. Toute l'année, j'attendrai encore ce merveilleux moment de partage entremêlé de rires où le bruit des cuillères en bois et des fouets résonne dans la cuisine. C'est la Chandeleur. Les crêpes volent et s'envolent dans l'air enfumé pour retomber lourdement dans la poêle en fonte de nos ancêtres. C'est ainsi que le printemps se profile à l'horizon marquant la fin d'une saison.

Le monde change,

où est ma place ?

Dans chaque être humain se cache un coin de ciel bleu, il suffit de trouver le chemin pour y accéder et ainsi mettre à jour cette part d'humanité. Mon amie, je vois en vous cette espérance. Le matin quand je me lève j'aperçois ce soleil caché derrière les branches de l'arbre qui se balance, il me faut rattraper ce bout d'âme qui s'est égaré le jour où je suis née. Où est-il parti ? Pour que je retrouve ma place, il me faut chercher ce tout et ce rien. A vous, je peux tout dire en vous confiant le plus profond de mes secrets. Je peux libérer ma parole et croire que tout est possible. Je peux vous parler de cet homme que j'avais rencontré un soir, il était mon secret et ma vérité, il avait le visage de son histoire bien cachée, allait-il me la raconter au fil du temps qui allait passer ? Il était dans ma vie, j'étais dans la sienne, il avait pris un bout de moi, j'avais pris un bout de lui. Qu'était-il en fait ? Cette interrogation, ce point d'exclamation est dans chaque personne que l'on croise, dans tous les êtres qui s'arrêtent même un court instant. Le jardin est rempli de fleurs éclatantes qui laissent échapper leur parfum. C'est si enivrant, il était si envoûtant. La vie n'est pas une course, juste un passage, une évasion, un silence. Tu n'étais qu'une illusion, un brin d'insouciance, un regard posé, une attente déjà oubliée. Pourquoi ai-je si peur ? Le temps s'est écoulé, où est ma liberté ?

Mon amie de toujours votre âme reflète votre cœur, vous m'avez appris la tolérance et la patience. Je vous imagine marchant le long de ces quais si tranquilles, une légère pluie comme un embrun vous enveloppant tendrement. Vous êtes tellement belle. Il fut un temps où ma mère me tenait la main où mon père m'écoutait en me rassurant, assise sur leurs genoux, je profitais de ce temps présent, en riant cheveux au vent. Il y avait le sourire de ma grand-mère le matin au réveil reflétant tous ces moments de joie et de bonheur. C'était mon havre de paix, la maison de mon enfance. Au fur et à mesure que j'avançais dans les pièces, des tapisseries aux formes arabesques apparaissaient. Un ange au-dessus de ma tête me guidait, sa lumière comme un léger faisceau me protégeait. Mes petits pieds s'enfonçaient dans les tapis moelleux aux mille couleurs, la douceur des coussins posés sur le sol m'invitait à la rêverie. Des tableaux au mur fixaient mes yeux, me faisant voyager sur des continents imaginaires, le profil d'un inconnu se dessinait progressivement sur la toile de cette peinture, c'est ainsi que je t'ai vu devant moi, ton regard si noir et des bagues à chacun de tes doigts. De grands colliers multicolores ornant ta poitrine dénudée tintent à chacun de tes pas. Tu longes cette route, tu marches, tu cours vers une autre histoire, une autre vie. Tu quittes ce doux paysage de ton enfance qui deviendra ce souvenir enfoui dans ta mémoire. Tu fuis, tu doutes en espérant une vie meilleure. Tu as laissé derrière toi ton histoire avec tout un tas de pourquoi, de comment. Tu rêves sur ce chemin en passant d'une rive à l'autre. Tu étais si bien, pourtant tu as peur et tu trembles dans la nuit qui a recouvert ce beau paysage. Tu pars sans bagage, au fond de ta poche cachée, tu as conservé une photo qui te rattache à ton passé. Tu pars sans te retourner pour ne pas flancher sur ce bateau qui t'emmène au gré des flots.

Je vois la blancheur des champs de coton qui s'étendent à perte de vue sur les plantations. Je sens l'odeur du sang qui a coulé sur les fleurs à peine écloses. Je vois cet homme au dos courbé si jeune et j'entends le chant de sa souffrance. Je ressens la tristesse de cet enfant qui a été arraché à sa mère. Je vois les cicatrices sur cette peau brûlée par le soleil. Ma chère amie, je vous aperçois marchant sur cette plage une ombrelle à la main, vous espérez calmer la douleur en soignant toutes ces plaies qui suintent sur la terre rouge ébène de ce pays qui n'est pas le sien. Vous voulez le prendre dans vos bras pour danser avec lui sur le chant sacré des sorciers. Vous souhaitez éteindre ce feu qui brûle en lui pour lui redonner le goût d'exister. Vos larmes ont coulé et des arbres ont poussé plus vert que l'été, vos mains ont essuyé ses larmes, vos bras ont réchauffé son corps, votre voix a rassuré son cœur, votre âme a enveloppé son être, cet amour donné a rempli sa vie. Comme un rayon de soleil, vous avez réussi à changer ce monde, les fleurs ont parsemé les champs, la souffrance a disparu, la joie est revenue. Vous êtes l'immensité de ce paysage, la couleur bleue du ciel sans nuage, la fraîcheur de l'air dans les arbres, le temps qui s'est arrêté pour ne plus jamais bouger. Vous le regardez marcher sur cette plage, ses pieds foulant la vague, vous entendez son rire qui résonne au creux de votre oreille. En ce jour de fête, vous avez revêtu cette jolie robe blanche qui tombe jusqu'à vos pieds, une ombrelle à la main recouvrant votre tête pour vous préserver du soleil, vous chantez

74

en marchant sur ce sable doré avec pour seul horizon l'immensité de ce paysage. Il est là, assis sur la racine de cet arbre. Il attend un geste, un mot, un mirage. Il est juste là, la tête dans les mains, il prie en silence pour que la paix revienne. Vous avez su à ce moment précis qu'une souffrance n'est pas une délivrance, que votre amour pouvait réparer la douleur, il est aussi grand que l'univers, il est aussi beau que l'eau cristalline, il est éternel comme ce diamant. Vous l'avez reconnu, son visage vous parle tous les jours de cette vie, des bracelets autour de ses poignets résonnent dans votre tête. Sur sa peau noire, vous avez inscrit un bout de vous, un prénom, un mot, une histoire. Vous voulez rire et sourire. Ma chère amie, en cet instant présent votre âme a su cc que vous saviez déjà au fond de votre cœur, cette immense joie qui vous envahit au fil des heures. Il est là, il vous regarde, de ce regard si bienveillant qu'ont tous les hommes à votre égard. Il est là, la tête relevée, les yeux fixés sur vous, il sourit, vous a- t-il reconnue ? Il est si seul et son désarroi vous foudroie. Il est si seul, mais il sourit, il vous sourit. Vous marchez sur cette plage, une ombrelle à la main, vous entendez battre votre cœur au rythme de vos pas qui vous accompagnent. Vous aviez imaginé cette rencontre, vous aviez rêvé de ce visage. Dans vos mains, vous tenez sa souffrance et sa douleur d'homme noir, sur sa peau frémissante est inscrite son histoire et ses yeux reflètent son voyage. Vous auriez voulu l'aimer d'un amour simple et doux comme les fleurs de ces cotons, vous auriez voulu le garder comme la corde de ces lianes, vous auriez voulu lui parler la langue du sage pour entendre ses soupirs aux creux de vos bras. Mais le monde est étrange, votre père n'aurait pas compris ce mélange couleur crème. Dans cette grande maison où l'or coule à foison, il n'y a ni compassion, ni tolérance. Vous entendez au loin sa complainte au bruit du tambour qui résonne dans l'air, vous ressentez sa solitude au son de sa voix. Vous avez inscrit dans votre cœur la chaleur de son corps et la beauté de son âme. Votre esprit vagabonde, assise sur cette chaise à l'abri de la lumière, les yeux fermés, vous entendez cette complainte qui s'élève au-dessus de votre demeure. Elle raconte sa vie d'avant, celle où il pouvait courir libre et heureux à travers les hautes herbes de la savane, celle où ses pieds foulaient la terre de ses ancêtres. Vous pleurez, vos larmes coulent le

76

long de vos joues. Vous avez si mal que votre corps tremble en frissonnant. La tête appuyée sur le coussin de ce fauteuil, vous imaginez sa vie, votre vie. La douceur de vos mains sur son visage lui fait espérer d'autres matins, vos yeux si bleus le transportent loin. Allongé à même le sol, il rêve à ce coin de ciel bleu, mais la douleur de son dos lui rappelle qui il est. Vous voudriez le sauver en l'aimant d'un amour si fort qu'il soignerait toutes ses blessures. Vous souhaiteriez apaiser toutes ses souffrances pour lui redonner la joie et les couleurs de son enfance. Vous l'avez croisé, dans son regard votre vie s'est figée. Il se forme alors un espace-temps où rien ne bouge, comme si l'éternité s'ouvrait à vous. Vous entendez battre son cœur, vous avez senti la chaleur de son souffle sur votre être tout entier, vous avez touché la douceur de sa peau sur sa main égarée, vous ne pouvez l'oublier. Vous voudriez tout lui donner, jusqu'à votre âme qui brûle en vous. Pour que son sourire réapparaisse sur ses lèvres, vous souhaiteriez briser toutes ses chaînes qui l'emprisonnent. Le paysage a pris la couleur de l'orage, il pleut sur les champs de coton, l'eau a jailli de votre cœur comme l'eau pure de la source.

"Tu attends, tu m'attends, viendras-tu ?"
Vous êtes entre deux rives, entre deux eaux,
entre deux vies, laquelle choisir ? Vous avez
dénoué vos cheveux, il a tressé les siens au-
dessus de sa tête, une ligne de vie se dessine, un chemin, un lien Pourquoi avez-
vous si peur, pourquoi pleurez-vous?

« J'ai peur de cet instant présent, de ce lien
qui se noue, de ce regard qui me trouble et
m'envoûte, de cette vie, du temps qui s'enfuit. J'ai peur de ce moment présent, de sa
main qui s'approche, de son regard sur moi
qui se pose. J'ai peur de la forme que prendra cette histoire, j'ai peur de mon cœur et
de son corps. Je voudrais qu'il me prenne
dans ses bras pour me conduire sur ce chemin. Je voudrais lui donner l'espace d'un
instant la douceur du miel de ma bouche, la
légèreté des caresses de ma main, la fureur
de mon cœur qui bat, le feu de mes bras qui
le tiendront. J'aimerais connaître le mystère
de ses nuits, la force de ses bras qui m'entourent. Je veux plonger dans ses yeux, me
fondre dans son âme, couler dans ses
veines. Je souhaite être celle qui l'apaise et
le comprend.

Quelle sera ma réaction ? Quelle sera son attitude ? Pourra-t-il me comprendre ? »

Mon amie, nos vies parallèles se rejoignent comme le reflet de ce visage dans le miroir, notre histoire se ressemble à des époques différentes. Vous marchez sur cette plage, quant à moi je sors de la douche, un peignoir recouvrant mon corps et une serviette enroulée autour de ma tête. L'eau chaude qui a ruisselé sur ma peau m'a apporté le calme et l'apaisement. Un léger parfum printanier vient se mêler au bain de vapeur de l'eau qui a coulé. Mes cheveux ébouriffés me donnent l'air particulier du reflet dans la glace. Il me regarde sans savoir que son cœur a parlé et que ses émotions se lisent sur son visage. Moi aussi, j'aurai voulu l'aimer d'un amour simple et limpide, mais la vie en a décidé autrement. Comme vous, je ne peux rien espérer, aucun avenir n'est alors possible. Je respire l'air de ce matin de printemps en sachant que j'aurais voulu taire cet orage, changer le monde et les gens. J'aurais voulu que toutes ces bulles de bonheur éclatent sur chaque être présent pour que leur sourire revienne sur leur bouche fermée. Je voulais vivre uniquement ce moment présent mais ils n'ont pas compris. Je voulais donner pour qu'ils puissent prendre, ils n'ont pas voulu, leur peur a été plus forte que leur valeur, mes mots plus puissants que leur âme, alors je suis partie dans le silence de la nuit. La beauté de ce monde ne se lit pas dans les yeux, elle se touche et se palpe avec les mains, elle se sent avec le cœur, elle se vit avec l'âme. Il fait beau c'est l'été. Comme un voyage, une évasion, un paysage, ma douce amie, il fait beau vivre au milieu de nulle part.

- Aimeriez-vous partir sans mot dire ?
- Vous échapper le temps d'un soupir ?
- Vivre intensément ce moment présent ?

Mon amie, vous avez su conquérir mon cœur pour m'offrir cette amitié si précieuse. J'aurais voulu encore continuer à vous parler de mes joies et de mes souffrances. J'aurais souhaité entendre des mots réconfortants afin de pouvoir continuer à sourire.
Le monde change, les couleurs ne sont plus les mêmes, les odeurs sont différentes. Je ne sais plus où est ma place, mais ne l'ai-je jamais vraiment su ? L'oiseau chante, j'aime entendre le son de sa douce mélodie le matin au réveil. Sur ma terrasse je rêve, je

m'évade loin de tout ce tumulte, de cette vie qui ne me ressemble pas. Je pars, dans un autre univers où les gens savent encore parler et s'aimer. Où est ma place ? Pas ici, pas à cet endroit.

Des souvenirs me reviennent en mémoire qui vont peut-être me permettre de trouver cette place. Je repense à ces voyages en voiture, lorsque mon père conduisait sur la route des vacances, au goût du nougat qui m'attendait à Montélimar, à l'odeur du miel et aux amandes. Je me revois assise à l'arrière de cette Panhard noire ou affalée sur la banquette de ce wagon qui roule en direction de la ville de Lyon, regardant le paysage défiler sous mes yeux émerveillés. Où est ma place ? A l'arrière de ce train qui m'emporte si loin dans la chaleur de l'été ou assise sur la banquette de cette voiture qui roule en ce joli mois d'août ? Je suis comme la seine, je voyage au fil de l'eau qui m'emporte. Où est ma place ? Au bord de cette route lors de ce voyage sans retour, à l'autre bout de ce chemin ? A l'envers de ce décor ? Je voudrais que le monde change pour que les hommes comprennent l'absence et la souffrance. Je voulais croire en l'humanité, mais mon essentiel n'est pas le leur. Ils se sont enfermés dans leurs préjugés, leurs paroles sont vides de sens, je n'ai pas compris leur attitude ni leur réaction quand je suis venue les mains tendues. Beaucoup de personnes croisent notre route, mais seulement quelques-unes s'arrêteront, nous devons les laisser passer, sans les retenir. Il faut savoir rester dans ce moment présent qui nous permettra d'avancer. Il faut apprendre à laisser les mots s'envoler dans le ciel pour que le vent emporte les paroles. Nous devons libérer notre âme et notre cœur de tous ces doutes, de toutes ces questions afin d'être léger, tranquille et calme. Aujourd'hui, l'histoire s'écrit, celle d'un confinement, d'une épidémie, d'une parenthèse dans nos vies. J'ai réalisé toute la beauté du monde, le jour où notre vie s'est arrêtée. J'ai pu ainsi écouter dans ce silence le chant des oiseaux, regarder la couleur des fleurs, le balancement des arbres. J'ai pu savourer le calme et l'apaisement de la ville. J'ai compris la signification du mot liberté, le jour où j'ai marché seule dans cette rue déserte, mes chaînes se sont alors brisées. Nous sommes tous embarqués dans ce même bateau avec nos lots de souffrance et d'interrogation.

Qui suis-je ? Où est ma place ? Où vais-je ?

Des questions trop souvent posées où il n'y a pas de réponse :
- Le monde va-t-il changer ?
- Les comportements vont-ils évoluer ?
- Va-t-on penser à l'autre avec son cœur et son sang pour suivre le même chemin tous ensemble ?
- Être là, se demander, suis-je là pour toi au moment précis où tu as besoin de moi ?
Entendre le son d'une voix, le battement d'un cœur, écouter des paroles, voir un visage, se sentir vivant, rester ce que l'on est et non pas ce que les autres voudraient que l'on soit.

Le bourgeon printanier vient d'éclore laissant la fleur libérer sa senteur, étendue sur l'herbe fraîche, les yeux tournés vers le soleil, je rêve de cet inconnu que j'ai croisé un jour par hasard. Peut-être que ma place serait ici près de lui ? Qu'il serait bon de s'allonger à ses côtés sous l'arbre printanier, qu'il serait agréable en cet instant d'écouter avec le cœur pour que mon âme soit plus légère, que mes mains puissent le toucher avec douceur et légèreté, que mon esprit puisse s'ouvrir au monde pour entendre le vent murmurer. Je rêvais de tendresse et d'amour, j'aurais voulu m'arrêter un instant pour respirer. Où est-il maintenant ?

Peut-être que demain tout sera différent ? Que l'Homme saura entendre et écouter, que sa vie aura un sens et la tienne un avenir. Vous n'avez pas su recevoir ce que je voulais vous offrir, mais vous avez pris sans pouvoir me donner. Il fait si beau, comment pouvoir exister si je ne peux être ni entendue ni comprise.

Mon amie vous auriez pu être une sirène au milieu de l'océan, la muse de cet artiste qui dessine sur sa toile le plus beau des paysages. Une silhouette aux longs cheveux et aux yeux mystérieux racontant une histoire. Assise sur ce canapé en velours, une main posée sur l'accoudoir, vous pourriez être cette femme au regard langoureux qui permettrait à cet homme de donner vie à son dessin. Furtivement il vous regarde, la beauté de votre corps le transporte. Votre âme se reflète sous les mains si agiles de cette esquisse qui redonne à la vie les couleurs de l'arc-en-ciel. Le peintre dessine sur sa toile les courbes d'un corps à peine dénudé, une sensation de joie et de bonheur apparaît sous la magie de ses doigts. Il dessine aux crayons cette joie immense. Son fusain danse de traits en courbes permettant à ce corps de se dévoiler peu à peu sur la toile de ce tableau. Il observe le monde avec ses yeux d'enfant, comme un arc-en-ciel, les couleurs jaillissent sur la blancheur de la toile, chaque trait représente son âme à travers ce dessin qui se forme. Elle le regarde sans mot dire subjuguée par tant de beauté. Le silence a pris place dans cette grande pièce où l'amour est palpable, où le geste est indécis. Elle est si belle, sur ses traits se dessinent un bonheur si puissant, si humble, que sa beauté se reflète dans ses yeux. Le son de la guitare s'est envolé dans l'air, le dessin a pris vie sur la partition, des notes de musique accompagnent cette danse singulière. Elle entend le son de sa voix qui murmure à son oreille des mots si simples qu'ils entrent dans sa tête permettant à ses lèvres de fredonner cette douce mélodie. Chaque doigt qui parcourt les cordes de cet instrument inscrit dans le temps un refrain, une chanson. La musique accompagne ce ballet au son de la guitare afin que sa voix s'élève dans la pièce. Une histoire naît ainsi sous les mains de l'artiste. Elle est si jolie et redoutable avec ses yeux verts qui le troublent et l'envoutent, elle est pure comme le diamant, légère comme le vent, rayonnante comme le soleil, elle représente l'étoile qui réchauffe son cœur en brillant dans la nuit. Le peintre a reposé son pinceau sur la palette colorée, la musique s'en est allée, seul, il rêve assis dans un coin de la pièce. Sa muse a disparu, elle est là sans être là, invisible et présente, proche et lointaine, ici et ailleurs. Où est-elle en fait ?

Mon cœur est calme, mon esprit serein en cette fin de journée printanière. Mon amie où que vous soyez, je pense à vous, à ce lien invisible qui nous lie comme un fil tendu. J'espère que vous êtes enfin heureuse dans cette grande maison au bord de l'eau. Avez-vous finalement trouvé ce bonheur dans cet espace verdoyant, où les fleurs offrent leurs cœurs au soleil pendant que leurs parfums s'évaporent dans l'air. Le soleil réchauffe la terre endormie projetant sur la fenêtre le dessin de l'été, pendant que les oiseaux jouent la symphonie sans partition en sautant de branche en branche. Le merle moqueur, le rossignol, le rouge-gorge chantent allègrement sur le fil du linge qui pend, quant aux poules joyeuses, elles picorent les vers à peine sortis de terre pendant que leurs œufs attendent cachés derrière le buisson. C'est l'été, l'abeille bourdonne de fleurs en fleurs tandis que le peintre observe l'ombre de sa muse étendue sur l'herbe fraîche. Il fait beau et chaud, la saison offre tout un panel de couleurs. J'ai adoré ces moments à flâner sur la chaise longue du jardin pendant que la fraise juteuse fondait doucement dans ma bouche, libérant tout son arôme. Ces bonheurs de la vie m'ont fait oublier la tristesse des jours incertains de l'hiver qui arrive. Où est ma place dans ce monde qui chavire ?

Le bonheur est-il fait de petits bonheurs, où est-il un tout indivisible ? Chaque matin quand le soleil se lève la même question se pose, mais je n'ai toujours pas trouvé de réponse, en fin de compte tous ces petits bonheurs mis bout à bout ne représentent-ils pas un grand bonheur ? Je voyage sur les lignes de ma vie qui s'écrivent au gré du vent et qui emportent mes mots, je voyage sur l'océan de mes rêves qui tournent dans ma tête. Je suis à la fois ce dessin qui se forme sur la blancheur de la toile, cette poésie qui s'envole dans l'air ambiant. Sous le ciel sans nuages, des oiseaux voyagent transportant des bulles de bonheur. Mon amie, je pense être comme ces oiseaux qui distribuent leur joie en chantant, mais le monde n'est pas encore prêt à recevoir cet amour. J'ai l'espoir de demain, ce désir de changement dans le creux de mes mains. Je voulais voir l'autre comme un double, un frère sincère, capable de comprendre, mais je me suis heurtée à l'indifférence et à l'absence. Mes yeux ont vu mon cœur pleurer devant cette image troublée par le mensonge, cette illusion qui nous fait croire à autre chose que la vérité. Le silence éternel remplit l'air si pur, l'odeur de la lavande enivre mes sens, le rosier grimpant vers le ciel me donne l'impression que je suis ailleurs, là, où le temps s'est arrêté. Les oiseaux disparaissent sans laisser d'adresse, un matin ils s'envolent pour partir loin, vous êtes partie vous aussi mon amie pour fuir l'absence et l'indifférence. C'est ainsi que j'ai perdu votre trace et que le vent a effacé vos pas sur le rivage. Où êtes-vous maintenant ? Ce lien entre nous est comme un fil invisible, tellement présent, si réel, où que vous soyez je penserai à vous. Je vous imagine en cet instant marchant tranquillement dans ce doux paysage, respirant chaque fleur afin de vous imprégner de son odeur, vos pas vous guidant parmi les herbes sauvages. Votre force se lit dans votre fragilité, vous êtes partie car vous rêviez d'un monde doux et calme sans aucune peur. Comme vous, mon père savait me rassurer quand il marchait à mes côtés en tenant ma main m'empêchant ainsi de tomber. Son regard bleu sur moi était si doux que j'appréciais ces moments de plénitude quand il me parlait au creux de l'oreille. Il était à la fois le printemps, l'automne, la gelée du matin. Je me souviens de lui marchant doucement, une canne à la main, sa casquette écossaise sur la tête et son imper couleur crème. Son humour décapant, accompagné de son sourire malicieux me faisaient toujours rire. Il était le seul homme qui savait me comprendre, fidèle quelle que soit mon attitude, c'est pour cela que je l'aime tant. Honnête et sincère, il était celui qui ne m'a jamais trahie malgré mes faiblesses, il était celui qui me respectait, m'acceptant telle que j'étais. Je me souviens de tous ces jours heureux passés à ses côtés. Il adorait ce carré de chocolat bien noir qui fondait sous la langue en buvant son café devant la télé, cette gourmandise dont il taisait le nom, comme une addiction, les tablettes disparaissaient aussi vite qu'il les savourait. Je l'observais, bien cachée derrière la porte en souriant devant cette malice inavouée. Je n'ai jamais pu retrouver cette complicité dans tous les regards que j'ai croisés car ils pensaient sans doute que je voulais les enchaîner. Ils n'ont rien compris à ma bienveillance et à mon honnêteté, ils ont voulu tout prendre sans rien me donner. Aucun d'entre eux n'a compris où était ma place parce qu'ils ne m'ont pas laissée la prendre.

Il faut savoir accepter cette vie qui change pour être sauvé, c'est ainsi que mes yeux se sont posés sur ce monde qui tourne à la ronde, c'est un moment de plénitude où le soleil se cache derrière la lune. Vous étiez si jolie en ce moment présent lorsque vos yeux se sont tournés vers l'avenir. Mon père savait aussi me regarder, sans lui ma vie aurait été fade et incertaine. En ce dimanche de printemps où la rose ouvre ses pétales odorants, je me souviens de nos promenades main dans la main, quand je partais cueillir le muguet caché derrière l'arbre pour l'offrir à ce vase posé sur la table. Il sentait si bon avec ses clochettes qui retombaient sur la finesse de sa tige. Joli mois de mai, celui qui annonçait l'été puis le temps des vacances. Au bord de la mer j'aimais courir dans les vagues qui éclaboussaient la blancheur de mes pieds et entendre leur bruit. Allongée sur la plage, le sable chaud réchauffait mon corps rafraîchi par la douceur de l'eau, ainsi je pouvais observer le vol des oiseaux transportant une brindille dans leurs becs pour construire leurs nids. Quant aux mouettes rieuses, elles planaient au-dessus des vagues à la recherche du poisson doré. Mon père me regardait, assis au soleil, pour lui, j'étais sa reine, sa princesse, un bout de vie qu'il avait vu naître. Pendant que l'horloge tourne, le monde change au rythme des saisons, juste un bout de moi qui se transforme pour disparaître. Tout n'est qu'illusion et parade, même le mois de mai se cache parfois derrière la grisaille du ciel. Aujourd'hui, il pleut sur les villes et les campagnes, de fines gouttelettes tombent sur les feuilles des arbres en ricochant sur les trottoirs, cette eau cristalline efface les souvenirs et les actes. C'est ainsi que les mots s'envolent au-dessus des paysages, comme un écho, ils voyagent pour se poser sur d'autres terres. Je repense à ma grand-mère fantasque et rebelle qui m'emmenait le dimanche après-midi au jardin du Luxembourg. Une corde à sauter à la main ou un élastique attaché aux chevilles, je m'amusais à sauter entourée d'autres petites filles. Je me souviens des balades à poney, des tours de manège qui me rendaient si

joyeuse, des bonbons, des gaufres au chocolat que je dégustais à pleines dents. Chaque
bouchée croquée émerveille encore mes papilles aujourd'hui. Tous ces petits bonheurs
mis bout à bout représentent des moments
de joie qui rendent la vie plus heureuse en
permettant un ancrage sur cette terre. Ainsi
l'odeur de l'herbe fraîchement coupée me
rappelle ces moments de mon enfance.
Chaque jour nous pouvons retrouver tous
ces instants de joie et de bonheur, il suffit de
les retenir au plus profond de soi pour s'en
souvenir. Tous ces petits bonheurs mis bout
à bout forment ainsi un grand bonheur. La
vie peut être surprenante malgré une part
d'incertitude, un pourquoi, un peut être, un
si, un je ne sais pas. Je remercie le Monde
pour tous ces moments de joie qu'il nous
offre, je les ressens, lorsque je respire à plein
poumon l'air qui s'engouffre dans mon être
tout entier, quand l'odeur de l'herbe à peine
coupée se répand dans mes entrailles, lorsque le vent ébouriffe mes cheveux me donnant cette sensation de légèreté. Chaque
instant est une évasion, un moment de plénitude, une échappée. J'ai rêvé d'un monde
d'amour et de tolérance, où le regard de
l'autre ne serait pas jugement. J'aurais tellement aimé que le monde ait la bienveil-

lance de mon père qui prenait le temps de m'écouter. C'est parce que l'on ne m'a pas donné ma place que je veux la prendre aujourd'hui, pour que l'on comprenne enfin qui je suis. Mais où est cette place ? Dans ces yeux qui me regardent, dans ces visages que je croise au fil des jours qui passent ? Dans cette trame de vie qui se déroule petit à petit, où est-elle ?

Je suis là, j'attends ce souffle de vie qui viendra réchauffer mon cœur, assise sur ce quai, j'attends sans mot dire, un signe, un regard, un geste qui viendrait me sortir de ma torpeur. La vie ne devrait être qu'amour et non tourment. Mon père, j'ai toujours eu le sentiment que le monde serait apaisé si chacun d'entre nous donnait un peu de cet amour, une toute petite parcelle pourrait tout changer : l'herbe serait plus verte, les fleurs plus odorantes, le ciel plus bleu, ainsi la vie prendrait les couleurs de l'arc-en-ciel. Ma place serait peut-être à l'endroit où on me laisserait la prendre. Une place pour mon cœur quand il bat au rythme des saisons, une place dans cette vie quand on me sourit. L'espace d'un instant j'ai pu me sentir vivante quand un regard s'est posé sur moi. Au bord de la Seine, assise sur ce bout de quai les yeux fermés, je rêve. Mes pieds frôlant à peine l'eau, je pourrais facilement m'y glisser, je pourrais comme les bateaux larguer les amarres en me laissant emporter par les flots. Je vois des visages au fil de l'eau, des yeux qui me fixent au-delà des mots. Si demain tout s'arrêtait, si demain était un autre jour, si demain me donnait l'espoir et la sagesse me rendant plus forte. Mes pas résonnent au son de vos voix, assise sur ce quai je m'interroge. Où est ma place ? Je regarde le ciel, j'ai l'impression d'être au bord de la mer, l'odeur des algues me rappelle les vacances, l'apaisement, je voyage au gré des flots. Une péniche passe entre deux ponts, deux parenthèses de vie, d'interrogation. Où est ma place ? Le saurai-je un jour ?

Le peintre a dessiné avec son cœur la couleur du temps, la musique a emporté les paroles et les larmes, moi j'écris des mots sur les maux pour que le vent apaise le cœur des Hommes. Ma chère amie, j'aspire à des lendemains heureux où le monde serait amour et bienveillance. Il y a le vent qui rafraîchit la chaleur de la terre, le sable si fin qui s'échappe de mes mains, l'immensité de la mer puis le bruit des vagues sur la plage. Vais-je enfin trouver ma place ?

Le monde et les êtres sont si différents de ce que j'imaginais, leurs failles empêchant la tolérance, le silence est leur réponse. Où est ma place dans cette vie qui se dessine ?

Je voulais réchauffer les cœurs pour qu'ils puissent trouver la paix, j'ai perdu ma place le jour où j'ai voulu changer le monde. Mais étais-je à la bonne place ? Pour trouver cette place qui donnera un sens à nos vies, il faut savoir profiter de chaque moment présent en prenant ce que la vie nous offre.

J'aime :
- la couleur de l'eau quand elle frissonne
- les oiseaux qui s'envolent dans le ciel sans nuages
- la fleur qui ouvre son cœur au soleil
- le bruit du vent dans les feuilles.

C'est ainsi qu'un sentiment d'apaisement apparait lorsque les coquelicots rouge sang ouvrent leurs pétales au soleil, quand les jonquilles jaune d'or prennent la couleur du lingot. Tous ces moments de plénitude me rappellent les moments heureux de mon enfance. C'est avec beaucoup d'émotion que je me souviens des matins, à peine réveillée quand ma mère venait ouvrir les volets, de la douceur de sa voix, de son regard penché sur moi. Je revois le savoureux plateau du petit-déjeuner qu'elle déposait sur le rebord de mon lit. Il y avait la confiture bien étalée sur la tartine grillée, l'odeur du chocolat, la musique qui s'échappait du transistor. Des moments de bonheur qui me rappellent la chaleur de la maison. Du haut de ma chambre j'entendais la chanson que fredonnait ma grand-mère tout en préparant le déjeuner. Je pouvais avec délicatesse sentir le parfum du rôti qui s'échappait du four, entendre le bruit de la vaisselle que l'on déposait sur la table. C'était l'époque de mon enfance, des jours heureux, de l'insouciance et de l'innocence. Le temps ne s'échappait pas encore de l'horloge, pourtant les heures continuaient à sonner dans le salon. Le soleil qui s'infiltrait par la fenêtre à travers les rideaux en dentelle dessinait sur les murs des formes arabesques. La jolie tapisserie prenait alors l'aspect des personnages qui gesticulaient tout en parlant, leurs bavardages se mêlant à l'horloge qui sonnait dans la pièce. Il y avait de lourds rideaux en velours épais qui ornaient de chaque côté les vitres transparentes de ce salon, où chaque fauteuil déposé près de la table basse offrait à son hôte le moelleux de ses coussins.

Au-dessus de la commode ancienne trônait le portrait de l'ancêtre qui surveillait ce tableau pittoresque. Dans les vases posés ici et là, les fleurs des champs dévoilaient tout leur parfum. Cette maison de mon enfance située dans ce hameau verdoyant m'apportait le calme et la sérénité. Peut-être que ma place se trouve dans ce souvenir encore présent de ma mémoire ? Chaque personne que j'ai rencontrée m'a montré le chemin à suivre qui m'a permis de savoir où est cette place.

L'Ancrage

Je veux m'ancrer dans cet univers pour que cet ancrage apporte la paix dans mon cœur ainsi chaque instant de ma vie sera un nouveau jour qui se lève. Je veux ressentir la chaleur du soleil sur chaque parcelle de ma peau, m'imprégner du chant de l'oiseau au plus profond de mon être, je veux contempler l'éclosion de la fleur avec des yeux d'enfant, être émerveillée par toute cette beauté, ne faire qu'un avec l'univers. Je souhaite rester humble devant la nature qui s'éveille. À cet instant précis peut-être que ma place est ici. Sur ce chemin parsemé d'embûches, je souhaite retrouver la confiance perdue, ce bout de moi qui s'est brisé en un seul éclat je le regarde briller à la lueur de la bougie. Ainsi sa flamme qui vacille dans la nuit inscrit des formes sur les murs de ma chambre. Je voudrais pouvoir traduire tous ces signes que me montre le destin et ainsi remonter le temps. Mes deux pieds posés sur le sol, je marche sans me retourner. Comme les racines de l'arbre, la terre nourricière s'infiltre en moi pour me donner la force de continuer. A chaque respiration, le souffle du vent remplit mes poumons de l'air de la vie. Il se répand dans chaque partie de mon corps pour suivre un chemin bien tracé à travers tout mon être. En m'imprégnant des parfums rencontrés je peux ainsi savourer chaque moment présent. Les bonheurs de la vie, c'est pouvoir partager avec ceux que l'on aime puis regarder sourire leurs yeux. Alors la vie prend la couleur de la mangue si juteuse et si sucrée lorsqu'elle libère toutes ses saveurs dans la bouche. Je voyage, rien qu'en fermant les yeux. Ainsi apparaissent les plages de sable fin sous les cocotiers de la mer azur du ciel sans nuages. Je sens la fraîcheur du vent se mêlant à la chaleur de la terre, cette terre ocre comme la poterie qui sèche au soleil. Mes pieds bien ancrés dans le sol je ne fais qu'un avec l'univers, il n y a pas un bruit juste la parole de la nature. Mon père me disait que le souffle du vent se trouvait dans les yeux de celui qui savait regarder par-delà la montagne, car bien plus loin que l'orage qui gronde il y a un été de l'autre côté du chemin. J'ai enfin trouvé ma place à l'endroit où je suis. Cette place que j'ai tant cherchée dans chacun des regards que j'ai croisés, la vie me l'a donnée au moment où je me suis acceptée. Accepter ses forces et ses faiblesses permet d'avancer à son rythme. J'aurais voulu que le temps soit

102

immortel comme le vol de l'hirondelle. À chacun de mes pas, j'ai gravé dans le sol sombre de la terre, la couleur de l'espérance puis la joie de la bienveillance. Ma chère amie, vous n'êtes pas qu'un nom prononcé au hasard, vous êtes beaucoup plus que ça, lorsque le jour se lève sur le monde, vous prenez les reflets de l'arc-en-ciel, la lumière des sept couleurs se répand alors sur la Terre : le violet et l'indigo pour l'air, le bleu pour la mer, le vert et le jaune pour la terre, l'orange et le rouge pour le feu. Vous êtes celle qu'ils n'ont pas voulu voir et celle qu'ils n'ont pas voulu connaître, vous êtes ce tout indivisible et unique que le temps a bien voulu épargner. Le temps qui a passé aussi vite que ce mot prononcé, a filé sans que l'on puisse le retenir en glissant douce-ment hors de la porte du printemps. Quand j''ai ouvert les yeux, il faisait déjà froid dans l'obscurité de la nuit, c'était l'hiver, il nei-geait des flocons doux comme du coton. J'ai revêtu mon petit pull en laine pour retenir la douce chaleur de l'été, mais le temps avait marqué sur ma peau les traces des gelées de décembre. Je n'ai pas eu le temps de dire les mots à qui voulait les entendre, que la rosée du matin avait effleuré ma main pour m'emporter vers demain. Je dois laisser passer le temps, je dois laisser aller le vent comme un ultime voyage au-delà des océans. L'histoire s'inscrit en moi, les mots défilent dans mon être en se posant sur la page, ils raisonnent comme un écho, les entendez-vous, là où vous êtes ?

Mon amie vous me manquez en ce jour qui se lève. Aujourd'hui la question se pose, comment seront nos vies, où, et avec qui ? Peut-être que la réponse est en nous, dans chaque regard croisé, dans chaque endroit où l'on se trouve, car à l'endroit où l'on se pose il y a toujours un chemin à parcourir, des personnes à découvrir. Mes larmes ont coulé le long de mes joues, le temps a passé si vite que je n'ai pas pu l'arrêter. L'horloge a sonné les heures dans ce grand salon où vous êtes assise, petite fille vous étiez l'âme de cette maison, votre rire résonnait entre les murs. Adossée contre le dos de ce moelleux fauteuil, vous pouviez rêver en vous endormant, la nuit tombait doucement sur les arbres, le paysage prenait alors l'aspect d'un film en noir et blanc. Ainsi chaque chaumière voyait sa lampe s'allumer avant le coucher du soleil. La nuit apparaissait progressivement, le bruit des feuilles, le cri du hibou donnaient à cette soirée tout son mystère. Dans mon lit de petite fille je rêvais à des histoires enchanteresses tout en serrant mon drap contre moi pour éloigner mes peurs d'enfant. Chaque bruit anodin de la journée me faisait trembler dans mon sommeil, seule l'arrivée du jour chassait tous mes cauchemars et c'est en pyjama que je descendais en courant voir le jour qui se levait. Tous ces souvenirs d'enfance sont les éléments qui me permettent de m'ancrer dans cette vie. Je me souviens du son de la cloche de l'église dans ce petit village situé au creux du vallon, l'herbe y était si verte. Je voudrais que le temps s'arrête un instant pour que les battements de mon cœur puissent raisonner comme un écho dans le ciel. Ce temps qui a passé plus vite que l'été n'a pas vu l'éclosion des fleurs dans les jardins, le jasmin odorant n'a pas pu libérer son parfum si enivrant. J'aurais voulu des étés ensoleillés, des matinées de la couleur du printemps, ma vie aurait été légère, mon rire si beau, mes yeux si bleus. Je voudrais écrire des mots sur des maux pour calmer les douleurs et estomper les blessures. Je souhaiterais savourer ces derniers moments de tranquillité dans la pénombre de la nuit. L'herbe encore verte sous mes pieds me permettrait de sentir le chatouillement de chaque brindille sur la finesse de ma peau, dans l'infini de l'univers, ce jour disparaîtrait car il suffit d'une fraction de seconde pour que tout s'arrête. C'est ainsi que les pages se tournent à l'embrasure de chaque porte qui à peine ouverte se referme. C'est comme une vie volée au fur et à mesure que les armoires se vident, il apparaît ainsi un espace-temps où le silence s'installe. Qu'elle aurait été ma vie, que sera-t-elle ? Il suffit d'une rencontre pour tout changer. Un inconnu passe et le monde se transforme en un seul regard. Il est là, je le regarde sans un mot, il sourit. Pourra-t-il comprendre ce bout de moi, cette incertitude, cette peur cachée ? Je m'interroge sur les mots et les phrases prononcées, je suis si petite et docile, à la fois forte et fragile, je tremble en silence. Pourra-t-il me rassurer ? Si sa main pouvait me guider, alors je pourrais continuer à marcher sur les chemins cabossés pour m'ancrer dans ce monde, je pourrais danser sur les routes en voyageant dans ses bras. J'aurais tellement aimé qu'il soit ce paysage de mon enfance. Les blessures se révèlent sur la blancheur de la peau, si profondes, si réelles, le temps les estompe mais saura-t-il les effacer ? Quand le corps parle, il est temps de poser ses bagages sur le bord du rivage. Sous le ciel, j'ai rêvé à la douceur des nuits d'été, le temps s'est alors arrêté, j'ai fermé les yeux, j'ai attendu la paix dans mon cœur, je suis partie loin. Ce corps qui parle des souffrances passées est le reflet de nos âmes blessées, dans le silence de la nuit je les écoute me parler. J'ai installé cette distance dans mon cœur pour ne plus souffrir du silence et de l'absence. Je suis, entre deux rives, entre deux eaux, entre deux vies, laquelle choisir ? Je suis à la fois libre et enchaînée, ici et ailleurs, mais toi où es-tu dans cette vie qui se dessine, dans cette histoire qui commence ? Puis-je avoir confiance, donner sans me brûler, espérer sans pleurer ?

Assise au bord de la Seine, je m'évade, un croissant dans une main, un gobelet dans l'autre, je ne peux plus respirer, mes doigts sont engourdis, je ressens cette douleur jusque dans mon dos, ma poitrine se serre, je tangue dans l'air. Je suis là, assise, c'est l'été, le temps de l'espérance. J'ai tellement attendu ces moments de bonheur, cette paix dans mon cœur, cet amour caché pourra-t-il se révéler ? J'ai éteint mon téléphone, je n'entends plus que le bruit de l'eau sur les quais. Le silence fait place à l'absence. Où est-t-il maintenant ?

Mon amie, vous marchez sur cette plage, une ombrelle à la main, vous l'apercevez au loin, assis sur la racine de cet arbre. Vous l'avez reconnu, un seul regard a suffi. Vous avez inscrit en vous une image, un mot, un visage. Vous marchez sur cette plage, une ombrelle à la main, il est là, assis sur les racines de cet arbre. Il vous regarde, vous lui souriez, son visage reflète sa douleur. Vous priez en ce jour qui se lève pour que toutes ses souffrances disparaissent. Vous auriez voulu donner votre âme pour qu'il renaisse à la vie. Comme un soupir, un sourire se dessine sur ses lèvres, vous le voyez, vous l'appelez, il s'éloigne. Le monde sait que son cœur est vrai mais que les hommes ne comprendraient pas cette histoire qui se dessine peu à peu. Vous avez revêtu votre jolie robe blanche, l'ombre de votre ombrelle le suit comme une deuxième chance, une autre espérance, ses cheveux tressés vous appellent comme des lianes qui s'enroulent autour de votre tête.

Assis, il me regarde allongée sur ce lit. La blancheur des fleurs de coton a parsemé mon corps, sa main a effleuré ma joue. Si cette histoire avait commencé dans une autre vie au-delà des mers, sur un autre continent ? Mes doigts inscrivent sur son corps l'empreinte de ma main, je voyage entre ciel et terre. Je sens la douceur de sa peau sur la rondeur de son épaule, un chemin se trace jusqu'au creux de ses reins, je voyage au-delà des mers, je rêve. Il y a tout ce monde qui se forme, une histoire naît à chaque mouvement de mon être, j'oscille en pointillé pour me poser sur la branche de cet arbre. Comme une chanson, un refrain qui s'évapore dans la moiteur de l'air, je respire ce temps suspendu entre deux rires, deux mots. Je pleure en silence des larmes de bonheur. Malheureusement, les hommes n'ont pas compris cette différence, ils en ont décidé autrement, le doute s'est alors installé en se répandant comme un poison dans mes veines. Que puis-je faire ? Ma tête s'est embrouillée de mille mots prononcés. Je suis toujours entre deux rives, entre deux eaux, entre deux vies, laquelle choisir ? À la croisée des chemins, il faut savoir trouver sa voie pour avancer, j'ai douté, je doute encore, mais je ne veux plus pleurer, ni souffrir. Je largue les amarres pour partir sans espoir de retour. C'est à la tombée de la nuit que la bougie s'allume, sa flamme vacille, la question se pose. Où est ma place ? Où suis-je dans vos vies dans cette vie ? Je peux rire et chanter mais qui peut m'écouter ?

Vous avez marché sur cette plage, une ombrelle à la main, assise sur la racine de cet arbre, il ne reste plus qu'une ombre, une empreinte. Vous revoyez tout à coup son visage, la douceur de ses yeux. Vous sentez la chaleur de sa main sur votre joue, vous entendez sa voix dans le bruit du vent, vous espérez qu'il va bien. Les hommes ont décidé de votre vie et de la sienne. Vous l'avez perdu dans cet autre monde, il a disparu de ce paysage, même ses pas se sont effacés laissant ce vide dans votre être. Où est-il maintenant ? Mes vies parallèles se juxtaposent comme un calque sur un dessin pour ne faire qu'un, ma vie d'avant se confond avec celle d'aujourd'hui. L'histoire se répète, je suis à la fois ici, partout et nulle part. J'ai laissé un bout de moi sur les rives de cette plage, une lettre écrite, un message, une empreinte qui rappelle ce manque. Comme une bouteille jetée à la mer, tel un ultime voyage sans bagages, les vagues emportent tout sur leur passage. Entre doute et certitude j'ai choisi un chemin pour ne faire qu'une avec vous mon amie, me permettant de trouver un sens à ma vie.

Je rêvais d'un havre de paix dans une maison ressemblant à celle de mon enfance qui me permettrait de trouver une certaine sérénité. Nichée au creux d'un vallon, elle inviterait à la rêverie. Il y aurait une porte cochère avec un heurtoir en forme d'aigle ou de lion, chaque coup frappé contre la porte annoncerait l'arrivée d'un invité. Sous la tonnelle ombragée recouverte d'un lilas odorant, un thé au jasmin serait servi dans de délicates tasses posées sur la table. Une assiette décorée de petits biscuits inviterait à la gourmandise. Cette maison si tranquille me permettrait d'écouter le chant mélodieux des oiseaux et de me poser sur cette terre. Allongée dans une chaise longue en toile rayée et colorée, je regarderais le ciel si bleu m'inviter dans une rêverie. Les yeux fermés, j'imaginerais les nuages avançant doucement pour un voyage. Leur blancheur me ferait penser à la douceur du coton ou à la légèreté de la crème chantilly. Poussés par le souffle du vent, ils avanceraient lentement pour un ailleurs indéfini. Leurs visages changeraient au fur et à mesure qu'ils glisseraient dans le ciel pour me transporter dans d'autres lieux magiques. Au loin, j'entendrais le son de la cloche du village annonçant le passage des heures, pendant que l'air se remplirait du chant harmonieux du merle moqueur. Des fleurs sauvages viendraient orner ce paysage et dans le potager les légumes pointeraient le bout de leur nez. Les fruits des arbres appelleraient à la cueillette, les pommes rouges sucrées, les poires gonflées d'un jus savoureux, les myrtilles, les groseilles feraient penser à un tableau aux mille couleurs. Dans ce jardin qu'il ferait bon venir s'y reposer le temps d'un été, là, où les fleurs sauvages ouvrent leurs pétales et que les hautes herbes s'accrochent sur les murs brûlés par le soleil. Dès la tombée de la nuit des bougies parfumées viendraient éclairer un délicieux repas préparé. Une brise légère apparaîtrait pour rafraîchir l'air me laissant savourer l'eau fraîche au goût de citronnade. Je pourrais ainsi déguster la fraise sucrée tout en écoutant le bruissement du vent dans les feuillages. Mais la réalité est tout autre : le monde chavire comme un bateau submergé par les vagues sous le regard des passants impuissants. Nous sommes tous des naufragés sur cette terre, des personnes qui luttent pour sur vivre. Mon amie, je pleure des larmes de sang devant cette image qui disparaît dans le gouffre profond de l'ignorance. Ce temps suspendu entre deux rives va-t-il pouvoir nous aider à respecter l'autre et à l'aimer ? Cet autre, si différent mais pourtant tellement identique avec ce même sang qui coule dans ses veines et ce cœur qui bat au même rythme que le nôtre. Vous aussi mon amie, vous espériez trouver une certaine sérénité dans cette autre vie. Le soir à la tombée de la nuit vous auriez aimé savourer la douceur du vent sur la plage sans redouter le monde qui vous entoure. Mais la peur est venue troubler cette vie si tranquille, vous empêchant de trouver la paix dans votre cœur.

Je me souviens…..

Ma chère amie, nos vies se ressemblent. Elles sont identiques comme un calque qui se juxtapose sur le dessin pour ne faire plus qu'un. Je sais que vous comprenez mes paroles et mes gestes, c'est pour cela que j'ai pu me confier à vous comme à une sœur durant tout ce récit. Ainsi j'ai pu dévoiler au fil des phrases, mes émotions, mes peines, mes souvenirs d'enfance. C'est un livre qui s'ouvre sur toute une vie, les mots se posent en s'écrivant au fil des pages qui se tournent. Une histoire prend forme, puis s'envole dans l'air pour remplir l'espace. Le temps s'est écoulé aussi vite que l'eau du ruisseau, dans ma mémoire reste gravé le sourire d'un été. Grâce à cette lettre j'ai enfin pu vous rejoindre dans cette autre vie, sur ce continent où vous êtes partie. C'est dans cet autre monde que vous aviez rencontré cet homme qui avait su remplir votre cœur de joie et de bonheur, en un seul regard il avait pu redonner à votre âme des couleurs semblables aux nuances de l'arc en ciel. Mais il a disparu de votre existence un matin de printemps sans laisser la moindre trace parce que des hommes en avaient décidé ainsi. Sans vous connaître, ils se sont immiscés dans votre vie, alors vous êtes partie sans vous retourner car il ne pouvait pas être sauvé. Votre âme a dû se résigner puisqu' il n'y avait pas d'autres choix possibles, vous avez donc fini par accepter ce qui ne pouvait être changé. C'est seulement en vivant dans ce moment présent que vous avez réussi à tourner la page pour oublier ce douloureux passé. J'espère malgré tout que vous avez pu trouver une certaine sérénité dans votre cœur, même si la solitude est devenue l'unique amour de votre vie. Aujourd'hui, vous marchez sur cette plage une ombrelle à la main, au loin se dessine la silhouette un peu floue de cet homme. Tout à coup les souvenirs ressurgissent en votre mémoire : il apparaît, assis sur la racine de cet arbre, priant en silence que le monde change. Qu'est-il devenu ? Des larmes coulent le long de vos joues car vous n'avez eu ni le temps de l'aimer, ni la possibilité de le sauver. Vous vous souvenez de son visage, de la douceur de ses yeux, de ses cheveux tressés au-dessus de sa tête, de cette histoire qui naît puis disparaît sans que vous n'ayez rien pu faire. Désormais il ne reste plus qu'une ombre qui se dessine au loin rappelant tous ces moments de bonheur. Vous avez dû mettre des mots sur des maux pour calmer la souffrance puis l'absence. Des mots qui vont se poser sur des bribes de vie laissant apparaître des plaies à peine cicatrisées. Tous ces mots qui s'envolent pour se déposer sur des maux profonds si transparents, vous les avez entendus le soir au coucher murmurer au creux de l'oreille. Vous avez fini par les apprivoiser au fil des flots pour finalement les trouver beaux. Il a suffit de si peu de choses pour que votre histoire revienne en mémoire, une promenade sur la plage, un arbre dans le paysage. Ainsi les souvenirs défilent devant vos yeux ressemblants à ces nuées d'oiseaux s'envolant dans le ciel vers d'autres terres. Vous vous souvenez alors de la magie de cette rencontre et de tout ce bonheur naissant. Mais lorsque quelque chose s'avère impossible il faut apprendre à renoncer en lâchant prise pour pouvoir partir et se reconstruire.

Aujourd'hui, je marche en direction du 12e arrondissement, une balade semblable à tant d'autres et pourtant…

En traversant le Parc de Bercy je me souviens de l'odeur des fleurs printanières, du soleil réchauffant mes bras dénudés, du chant de l'oiseau caché dans l'arbre qui se balance. Il y a si longtemps que je ne m'étais pas promenée au bord de ce bassin où les canards farceurs venaient se baigner. Tout en me baladant, je repense à cet homme qui attendait un signe pour changer sa vie, à qui j'avais osé parler en cette fin d'après-midi. Adossé contre ce mur scrutant l'horizon, il cherchait un endroit où se poser pour essayer d'oublier ses tourments, espérant au fond de son cœur une vie bien meilleure.

Je revois au loin la poule d'eau s'avançant pour nous saluer, lorsqu'assis sur un banc nous discutions à l'ombre du feuillage. Il disait vouloir se dévoiler, qu'avec le temps il réussirait à se confier. Mais ce temps s'est écoulé dans cette invisibilité, car son passé était trop lourd à porter. C'est ainsi que je l'ai perdu sans mot dire, au fil du temps, l'absence est devenue distance. Chaque pas me dirige sous la voûte de ce grand arc qui se dresse devant moi, là, où tout a commencé, là, où le temps s'est arrêté. Le bruit des voitures, le ronronnement des motos autour de cette place me rappellent ces moments de retrouvailles mais aussi d'incertitude. Le regard des passants scrutant le moindre de nos gestes laissait s'envoler dans l'air des points d'interrogation. C'est une journée semblable à beaucoup d'autres où les paroles s'envolent en fumée. Je ne reconnais plus ceux que j'ai aimé, je ne ressens plus la chaleur de leur maison, tout a subitement changé, il a fallu si peu de choses : la sonnerie du téléphone s'est tue, les SMS ont disparu. Je me suis lassée moi aussi de cette indifférence générale. Assise sur ce banc au milieu de cette grande place, je veux juste me souvenir de la chaleur de l'été quand mon cœur battait au rythme des saisons. Je le vois au loin, j'hésite encore à l'appeler, alors du bout des doigts je dessine son visage dans ma mémoire pour ne pas l'oublier. Je sens l'ombre de sa silhouette s'imprimer dans mon âme comme un tatouage sur ma peau. Qui est-il ? Un nom, une vie inventée, une chanson sans musique. Il s'est perdu sur la ligne de l'horizon ne sachant ni qui il était, ni ce qu'il était. Il ne voulait pas non plus chercher d'où il venait, refusant de parler de son passé. Alors j'ai essayé de voler des mots, des instants dévoilés, des secrets bien gardés, rien n'a réussi à percer la pierre si dure de son édifice. Je traverse la rue, il fume, il discute, il me voit, me sourit, nous parlons de la pluie et du beau temps dans cet instant présent. J'essaie alors d'attraper des bribes de sa vie qui s'échappent dans l'espace, mais elles glissent entre mes doigts pour s'envoler tout là-haut dans le ciel disparaissant à jamais. Je m'interroge, il se renferme, tout devient flou, j'ai perdu le fil, je m'en vais. Que dois-je faire ? Revenir et rester ? J'aurais tant aimé qu'il m'ouvre son cœur pour pouvoir m'y glisser. Mais à la croisée des chemins je dois choisir une route pour continuer à avancer car son histoire n'est que mystère et secret pour devenir au fil du temps vérité ou mensonge. Il ne reste entre mes doigts que les volutes de fumée de sa cigarette s'échappant dans l'air. Nous ne sommes pas ce que nous voulons montrer, il y a toujours une face cachée en chacun de nous, une part d'ombre dissimulée dans notre être tout entier. Comment peut-on avoir confiance quand le doute est omniprésent et que le silence est la seule réponse donnée ? Nous devenons ce mystère qui effraie l'autre, nous empêchant ainsi d'avancer en nous mettant mal à l'aise. Tout à coup je me suis sentie perdue dans cette vie sans vie, dans une histoire sans avenir. J'ai décidé de renoncer puis de partir pour éviter de me perdre dans un monde qui n'est pas le mien. Il y a beaucoup trop d'illusions, de trompe-l'œil, de mensonges qui rendent la vie difficile, le choix étant ainsi faussé, prendre une décision devient parfois compliqué.

Ma fidèle amie mon histoire ressemble étrangement à la vôtre dans une autre vie, à une autre époque, dans un autre décor. Nos vies se rejoignent, et nos âmes fusionnent pour n'en former qu'une seule, identique. Peu à peu la place se transforme en plage. Comme vous ma chère amie je marche sur ce sable pour vous retrouver et ne former qu'une seule et même personne. J'ai balayé du regard ce paysage, mais il n'est plus là, je reste seule au milieu de nulle part. Au fur et à mesure que j'avance tout finit par disparaître, je voyage entre ici et ailleurs, je flotte dans l'espace. Au loin, j'aperçois une passerelle qui se dessine comme un lien entre ma vie d'avant et celle d'aujourd'hui, puis un pont se forme me permettant de rejoindre l'autre rive pour qu'une histoire commence, et qu'une autre se termine. Il a disparu de la racine de cet arbre, il est parti aussi de cette place laissant son image qui s'efface, il ne reste plus qu'un mirage. Puis peu à peu tout disparaît, son visage s'estompe doucement du paysage, je me retrouve dans un cercle, comme les aiguilles de la pendule, j'en fais chaque jour le tour sans pouvoir m'arrêter.

Ma vie d'avant se répète inlassablement, je vois des visages défiler devant moi mais je ne les reconnais pas. Je décide alors de quitter le navire lentement sans faire de bruit, laissant ainsi le capitaine maître de son destin pour m'occuper seulement du mien. Il arrive un moment où il faut choisir un chemin pour trouver sa place en n'étant plus entre deux rives, deux eaux, deux vies. Il y a des décisions difficiles à prendre, mais qui sont nécessaires, des chemins, des routes à choisir entre doute et réparation, que faire ? Les amitiés se font et se défont, les amours naissent et disparaissent au fil du temps, au fil des jours qui s'écoulent. L'eau a soudainement recouvert la place laissant une plage apparaître, je voyage alors dans ce paysage. Comme vous, mon amie, les couleurs de l'Afrique imprègnent mon être tout entier, elles naviguent au fil de mes idées.

J'entends au loin le chant des hommes, je comprends leurs complaintes qui expriment leur douleur, la douleur d'un peuple qui a souffert et qui espère un monde meilleur. Je le vois courir à travers champs pour préserver sa liberté au péril de sa vie, ce monde qu'il avait espéré n'était pas le même que celui qu'ils voulaient lui donner, alors dans le silence de la nuit ses larmes ont coulé. J'aurais voulu plus d'humanité pour qu'il puisse rêver en s'endormant. Dans ses yeux j'ai voyagé, sur sa peau je suis restée comme un tatouage gravé. J'ai voulu laisser mon empreinte dans son âme pour qu'il puisse continuer à chanter. J'ai vu dans son regard la douceur du printemps, j'ai ressenti dans son cœur toutes ses interrogations, j'ai pris dans ma main la peur de ses lendemains en écoutant dans sa voix la révolte de tout un peuple. Mon sang a coulé dans ses veines pour lui montrer le chemin et ainsi effacer de son âme les doutes de son passé. Il était juste un humain, mais ils n'ont pas voulu voir en lui cette part d'humanité alors ils l'ont enchaîné. Il était devenu invisible aux yeux de tous, les Hommes avaient réussi à gommer son existence, le laissant sans aucun avenir. Ils avaient décidé à sa place sans lui demander, sans l'interroger pourtant il les avait suppliés et implorés, mais ils n'ont pas voulu l'écouter bien que le même sang coule dans ses veines et que son cœur batte au même rythme que le leur. Ma douce amie, j'ai ressenti moi aussi la chaleur de ce peuple, je me suis perdue dans l'ombre de son regard. Le bruit de la mer mélangé au son rythmé du tambour m'a fait voyager dans l'immensité de ce paysage. Ainsi, se forme un trait d'union entre ma vie d'avant et celle d'aujourd'hui. Dans ce nouvel espace-temps je suis projetée dans une autre

125

histoire. J'aperçois les femmes qui préparent le repas dans de grandes jattes pendant que les hommes partent chasser le gibier.

Je sens l'odeur du poisson grillé pêché à la main dans ces eaux translucides. Je ressens à ce moment-là cette joie immense d'être ensemble, cette joie faite de partage et d'amour. J'entends le bruit des animaux sauvages qui courent dans les hautes herbes brûlées par la chaleur, leurs pas qui martèlent ce sol couleur ébène, noirci par le soleil. Je m'attarde sur mes souvenirs il n'y a plus rien, mais je suis si bien, j'ai enfin trouvé la paix dans mon cœur, ce cœur qui bat au rythme des saisons. Le silence a envahi l'espace laissant le calme dans son sillage. L'orage a rempli le ciel avec ses nuages de pluie, mais derrière la grisaille se cache toujours un soleil, ses rayons viendront bientôt réchauffer la terre mais aussi nos corps et nos âmes.

Mon amie, je vous ai enfin retrouvée pour ne former qu'une seule et même personne. Nous sommes tellement semblables : au fil du temps tu es devenue mon double, tu es ce que je suis, tellement identique, tellement sœur. L'eau a été mon guide, l'océan est devenu ma maison, les vagues m'ont ainsi portée jusqu'au rivage, les rayons du soleil

126

m'ont réchauffée, sa douce chaleur m'a ré-
confortée. Comme un papillon qui sort de
son cocon je peux enfin me transformer puis
renaître en déployant mes ailes pour m'envoler.

Tu es : mon amie, mon double, ma confi-
dente
Je suis : ton amie, ton double, ta confidente
Tu es comme moi, tellement semblable, tel-
lement humaine
Tu es amour pour toujours
Tu es simple et douce
Tu es tout ce que je suis
Tellement semblable, tellement sœur.

Et si demain

J'ai enfin retrouvé mon amie, ce bout de mon âme égaré, cette moitié de moi que j'avais perdue, j'ai pu enfin la recoller pour ne former qu'une seule et même personne. J'espère que je pourrai enfin trouver l'apaisement dans mon cœur, pour que ce nouveau jour soit rempli d'espoir et d'amour. Si demain était un autre jour où les cicatrices pouvaient disparaître sans laisser de traces dans le matin qui se lève, alors il serait possible de renaître, d'aimer, de croire encore. Si demain était un nouveau jour plein d'espoir pouvant nous guider vers la sagesse, alors le monde prendrait les nuances du bonheur et le sourire de la joie le matin au réveil. Les chemins du bonheur sont souvent semés d'embûches, il y a toujours une part d'incertitude, un questionnement, un peut-être, un pourquoi, un je ne sais pas. Il faut essayer de contourner tous ces obstacles qui s'élèvent devant nos pas, si l'on veut continuer à avancer, pour cela il faut croire en soi, en la chance, au possible, au tout est possible. Je me suis souvent perdue dans ce monde si différent de ce que je suis réellement que la solitude est devenue mon seul port d'attache. J'observe toutes ces personnes qui passent et traversent ma vie, qui sont-elles en fait ? J'aurais aimé connaître leur âme pour soigner leurs blessures, comme j'aurais aimé que tu m'ouvres ton cœur pour pouvoir m'y cacher. Toi que je ne connais pas encore, je voudrais que tu aies la couleur de mon enfance, la chaleur du soleil au printemps pour que je puisse vivre le moment présent très intensément. J'aimerais tellement chanter au soleil levant en dansant sur les nuages blancs pendant qu'il en est encore temps. Je souhaiterais t'écouter le soir en m'endormant, pouvoir te regarder le matin en me réveillant, voir briller tes yeux tout simplement puis me laisser porter par le vent. Mais où es-tu ? Et que fais-tu ? J'ai envie de continuer à rêver pour croire que la vie n'est que douceur, pouvoir crier ma joie, puis rire de tous ces moments passés avec toi. Je voudrais tellement tenir ce bonheur dans mes mains, compter les heures de tes absences pour te retrouver. J'aimerais : des dîners aux chandelles, des fleurs sur ma table, des instants de folie, de la passion chaque jour de ma vie, du soleil en hiver, des paroles dans les yeux, un rien d'insouciance, beaucoup d'amour pour toujours. Je souhaiterais sourire, aimer, rire à chaque moment de mon existence, m'envoler dans le ciel comme un oiseau pour distribuer tout ce bonheur à partager. J'ai envie de légèreté, de fêtes tous les jours à toutes les heures, d'être heureuse continuellement. Mais le temps passe nous empêchant souvent d'espérer une vie bien meilleure. Ce temps qui passe nous enferme dans une vie tellement illusoire où le manque d'humanité a fait que mes larmes ont coulé comme des diamants ou des perles éternelles venus du fin fond des océans. J'ai si souvent entendu des mots durs et cruels, des mots à peine dévoilés, juste murmurés, qui font si mal en s'échappant dans l'air que mon cœur a crié en les écoutant. Il y a tous ces mots si durs, mais aussi des mots tout doux venus de nos pensées pour parler de nous, ils dansent dans le ciel en virevoltant autour de nos têtes pour s'envoler dans l'univers. Ils s'inscrivent sur les rochers du temps ou sur les flots déchaînés, ils se cachent dans des bouteilles jetées à la mer, ou bien s'écrivent sur les feuilles blanches de nos rêves à peine éveillés. Ils sont beaux, parfois incompréhensibles, mais si mystérieux. Ils s'exilent loin de nous, il faut parfois les entendre, mais surtout les comprendre. Ces mots qui chantent comme des notes de musique sur nos vies en pointillé, le vent les a dispersés.

Je peux les entendre au détour d'une rue ou les lire sur des papiers abandonnés au bord de la route. Ils racontent des histoires imaginées pour nous faire renaître et espérer sans cesse. Je peux les entendre murmurer aux fenêtres ou crier à tue-tête dans l'air. Ils peuvent faire énormément souffrir parce que ceux qui les prononcent les pensent inoffensifs, mais ils s'incrustent au plus profond de notre âme sans jamais en sortir. Ils resteront ainsi cachés dans un coin de notre tête sans que l'on puisse les oublier. Ils sont si puissants qu'ils voyagent avec nous bien cachés dans nos bagages et ressortent soudainement pour nous rappeler notre histoire en mettant à jour nos souvenirs. Des mots qui nous font rire ou bien pleurer selon comment ils sont prononcés. J'ai dans la tête des chansons, des phrases toutes faites qui racontent des jours de fêtes, des moments sublimes, des rencontres inattendues. Toutes ces phrases prononcées s'envolent dans le ciel bleu ou pleurent avec la pluie, alors des larmes coulent des nuages sur les tables et les trottoirs, faisant surgir des maux enfouis dans nos pensées. Les mots passent comme les heures, ils filent à toute vitesse sur le chemin de nos croyances pour se noyer dans les mers en riant de nos tourments. Ils sont comme les vagues, ils meurent doucement sur le rivage mais reviennent inlassablement, différents en racontant pourtant la même histoire. Ainsi, le roman s'écrit comme un livre éternel avec des mots cachés, souvent oubliés. Sais-tu que le temps a passé, que les aiguilles ont tourné sur le cadran de nos pensées ? La pendule s'est arrêtée, les mots se sont alors figés. Comment oublier toutes ces phrases à peine prononcées, ces mots d'amour ou d'amitié qui chantent dans nos têtes et dansent sous nos yeux ? Mais, tes mots à toi ne sont pas forcément mes mots à moi, ils jouent sur nos vies en se moquant de nous, à la fois farceurs et rieurs. Ils parlent puis nous abandonnent soudainement en nous laissant vides et désemparés. Je n'ai pas compris tes mots, as-tu compris les miens ? Ils racontaient une histoire de roi et de princesse en se voulant sincères, mais au fil du temps ils se sont perdus et tu ne les as plus entendus. Les paroles se sont alors envolées pour se perdre aux quatre coins de l'univers en se posant sur d'autres histoires inventées. Il a fallu un seul mot pour tout effacer de nos pensées. Si ces mots n'avaient jamais existé, nous aurions pu continuer à parler de nous, tout simplement, tout naturellement et marcher ensemble sur ce chemin tracé. Mais les paroles font mal, elles sont insidieuses, difficile d'oublier tous ces mots prononcés qui ne peuvent s'effacer. Il y a les mots de tous les jours qui parlent de notre quotidien en racontant un peu nos vies en souterrain, sans faire de bruit, ils dansent dans nos têtes pour se poser sur nos êtres. Il y a des mots doux, des mots forts, des mots parlants d'amour ou d'amitié, ils sont puissants, imprévisibles, jamais anodins. Ils représentent des histoires sans lendemain, des rencontres imprévues, des matins rêveurs, des soirées incertaines. Ces mots peuvent être si douloureux qu'ils deviennent des échos dans la nuit, si souvent répétés, si souvent écoutés. Je peux les entendre murmurer sur les murs de ma chambre le soir au coucher, puis les voir s'inscrire dans le ciel de Paris le matin au réveil. Pourquoi es-tu parti ? Sans un mot tu as disparu, les phrases ont valsé sur les nuages et les rivages, elles ont ri de cette romance inachevée. Les mots sont comme le vent, ils nous rendent plus fort en nous bousculant ou en nous rassurant. Ils peuvent gronder de rage puis exploser soudainement, nous surprenant au détour d'une rue, à l'angle d'une maison. Il a fallu si peu de mots pour tout changer, la vie s'en est allée, moi je suis restée. J'ai tant espéré des phrases écrites avec des mots à jamais prononcés, qui seront peut-être un jour dévoilés sur les pages blanches d'un livre broché. Des lettres toutes d'or brodées sur la couverture un peu déchirée d'un passé à peine oublié. Une histoire pour rêver qui nous fera trembler quand les mots prendront des formes et des expressions colorées, seule une baguette magique pourrait faire vibrer nos âmes esseulées. Il y a tant d'espoirs déçus, de souffrances cachées que mes yeux peinent à voir un rayon de soleil à travers les nuages. Le souffle du vent a balayé tous ces mots prononcés qui se sont posés sur des paysages inventés. C'est tellement dommage tout ce temps perdu à chercher des chemins dérobés et des sentiers cachés sur des vérités à peine prononcées. J'aurais tellement aimé garder tous ces mots dans mon être tout entier pour me souvenir uniquement de tous ces bons moments. Au fil du temps l'horloge a sonné, les heures se sont écoulées, lorsque j'ai entendu la cloche tinter je me suis rappelée qu'il était temps d'oublier tous ces chagrins accumulés. J'ai pourtant rêvé en écrivant les mots sur des cahiers, mais les feuilles se sont envolées, c'est pour cela que j'ai pleuré sur tous ces espoirs perdus. Le monde bouge, la terre tourne, le ciel sourit, les oiseaux chantent, le soleil brille et moi je prie en silence pour que mes larmes écrivent des mots sur les empreintes de mes pas. Combien y a-t-il de phrases écrites, de mots à peine prononcés, de paroles si peu écoutées, qui se sont échappées de nos âmes disloquées ?

Dans ce brouillard qu'est la vie, mes yeux ne parviennent pas à changer la couleur de ce monde. J'ai beau essayé d'y insérer des nuances multicolores, le rouge reste gris, le blanc reste noir. L'image de mon paysage ne ressemble pas à celle que j'aimerais voir. Le train roule, je reste sur le quai à attendre que le temps passe, mais le fleuve a emporté mon âme pour que je puisse voyager au-delà de l'horizon. Qu'y a-t-il de l'autre côté des mots, au-delà des phrases ? Des interrogations, des non-dits, des pourquoi, des comment, des points de suspension ?
Il faut apprivoiser la solitude afin de pouvoir renaître, il faut savoir s'aimer soi-même pour aimer en retour.

Assise à la terrasse de ce café, j'écoute le bruit de la ville qui résonne entre les immeubles. Le vrombissement des motos, le hurlement des klaxons qui fissurent ce silence m'étourdissent en me projetant dans une autre dimension. Ce monde est bien étrange, je le regarde avec mes yeux d'enfant, il n'est pas comme je l'avais imaginé, doux et tranquille, il change au fil des jours qui passent, tantôt heureux, tantôt malheureux. J'aurais voulu que le temps s'arrête un instant afin de voyager au-dessus des mers et des océans, puis me poser à l'ombre des arbres pour profiter de ce calme tant recherché. J'aurais aimé entendre dans ce silence le tintement de la cloche sonner au loin puis m'évader en écoutant les oiseaux chanter. Mais ce monde est tellement étrange, il y a ce contraste entre ces phrases non dites, ces moments sublimes et ces mensonges faits d'illusions. Je voudrais partir au pays du soleil levant, voler doucement au-dessus de l'horizon, m'endormir à l'ombre du rosier blanc pour rêver sans me poser de questions. J'aimerais respirer l'odeur du jasmin enivrant, être ici, ailleurs, partout à la fois. Je souhaiterais ne plus penser, juste profiter du temps présent, me projeter dans une autre dimension, dans une connexion spirituelle, dans le langage de l'âme, prendre de la hauteur pour voir au-delà des mots et parler avec le cœur. Si le monde voyait, si le monde voulait, si le monde était : la bienveillance, la tolérance, humain, il y aurait des jours sans faim, des âmes en paix, des douleurs sans souffrances.

Peut-être qu'alors demain serait un autre jour, un jour plein de promesses et d'espoirs où tout serait permis.

Et si demain…

Il faut savoir pleurer pour pouvoir rire

Il faut savoir accepter pour pouvoir avancer

Il faut savoir regarder pour être vu

Il faut savoir aimer pour pardonner

Aujourd'hui, je pense avoir fait le tour de l'Afrique sans voyager. Grâce à cette amie j'ai pu me réconcilier avec mon passé. Il était temps que je pose mes bagages chez moi au sein de ma famille. Ce voyage a été long et pittoresque mais il m'a permis néanmoins d'en apprendre beaucoup sur la nature humaine.

Je referme ma porte sur une étape de ma vie pour me consacrer uniquement à mes projets qui j'espère apporteront une petite pierre à l'édifice de ce monde. Je souhaite que chaque personne que j'ai rencontrée au cours de ce voyage trouve la paix dans son cœur et un chemin vers un avenir meilleur. J'ai pu lors de ce voyage me retrouver en fermant un cercle à demi ouvert pour qu'un autre à demi fermé puisse s'ouvrir.

REMERCIEMENTS

Je remercie cette amie qui m'a guidée tout au long de ce voyage en me permettant de trouver ce chemin jusqu'à elle. Je souhaite que le monde change pour que chaque être sur cette terre puisse espérer une vie meilleure. Je vais essayer d'œuvrer pour qu'il y ait de l'amour tous les jours au lever du soleil. C'est peut-être cela mon chemin de vie, ma mission sur cette terre, ma raison de vivre.

Je remercie également tous mes amis pour leur soutien durant toutes les périodes difficiles que j'ai traversé dans ma vie. Ils ont su m'encourager dans mes moments d'écriture et croire en moi.

Je remercie surtout Flo pour son aide si précieuse, ainsi que Barbara, Fanfan, Issimaïla, Laurence, Marc, Maria, Marie Louise, Nool, Sally, Sanguy, Shao, Sophie, Val, ma famille : Alexandre, Thibault, Victorien et Baptiste puis tous ceux qui ont croisé ma route, ceux qui se sont arrêtés, ceux qui n'ont fait que passer et qui n'ont pas eu le temps de me connaitre.